U0115273

文學研究叢書·現代詩學叢刊

詩語言的美學革命
——臺灣五○、六○年代新詩論戰與現代軌跡

陳康芬　著

目次

第一章
導論

一 臺灣一九四九年之後的新詩文學公共領域的興起與詩語言的現代軌跡發展

　　「文學公共領域」借自哈伯瑪斯的研究術語。哈伯瑪斯認為資產階級公共領域與源自歐洲中世紀「市民社會」有密切關係。在此歷史範疇之下，因資本主義而興起的布爾喬亞階級，將原本是貴族直接參與的政治社會文化等生活型態，轉以辦報、讀書會、沙龍等各種形式來討論歷史、哲學、社會、國家政治等議題，其所涉入的活動空間形成公共領域的基礎，而意見則成為社會的「公眾輿論」。因此，以「公眾輿論」為建制規範的公共領域，成為一種於市民社會與國家之間具有理性監督、調節功能的特殊性的理想類型，以及形塑西方公民社會的重要結構；公共領域提供人們自由交談、溝通，並達成對事物理念的了解與共識；文學（特別是小說）為現代公共領域的形成，提供了（帶有想像共同體性質）群眾的基礎，並將屬於個人內心世界、私人經驗與人性等範疇引進至政治公共領域，發展出替代性的中介與批判場域功能；隨著現代社會分化與專業分工的發展，政治公共領域從文學公共領域獨立出來，隨同要求保障集會、結社、出版與言論自由，以持續發揮批判公共政策的理性監督功能[1]。

---

1 哈伯瑪斯繼續論述公共領域社會結構的轉型：資產階級公共領域在國家與社會的張力場中發展起來，原本是屬於私人領域的一部分，但後來作為公共領域的基礎，造成國家與社會的分離。首先，改變中世紀晚期的統治形式，將社會透過生產和政治

　　以哈伯瑪斯對公共領域的概念分析、以及在西方歷史的發展模型為參照論述，則會發現臺灣一九四九年之後的文學公共空間，間接以爭取文學層級化後藝術自主原則為主導權的三大詩社與其相關的新詩論爭[2]，對於文學公共領域的公共性機制的形成，具有催生的效果。本書認為，三大詩社與新詩論爭現象正是觀察臺灣五〇、六〇年代文學公共領域新秩序生成的絕佳切入點。主要的理由在於「新詩」所提供的詩人的個體內心世界與私人經驗的文學性，如何而可能地透過詩社的理念實踐與論爭形式，在不挑戰國家公共權力所主導的反共文學體制中，引入、改變當代知識份子所關注的文學公共事務，進而聚集各方文化勢力以意見提供、觀點交流、論述辯詰……等不同溝通行動進入討論，逐漸形成公眾輿論的共識。這個過程所產生的其中一種重要的共識與影響，即對西方現代主義文學所採取的開放與接受態度，為藝術自主原則作為首要條件規範的文學公共性的文明新秩序，奠下重要的基礎。

　　本書認為臺灣五〇、六〇年代各階段所發生的新詩論爭，在其過程所形成的公共性中，本身帶有自我批判與自我詮釋的形塑功能，不僅延續不同文化勢力對過去新詩在中國五四時期的歷史檢討，處於當代的詩人與新詩支持者也從抗衡保守文化勢力的質疑挑戰中，逐漸從對當代歷史時間與詩美學發展的自我定位與自主實踐，提出具有共識

權力的分離，隨著市場經濟關係的擴張，「社會」領域獨立於國家，要求建立公共權力機關的管理方法。儘管如此，公共權力機關總是參與操縱社會交往；十九世紀之後，隨著經濟領域的跌宕與變革，民族主義與自由主義在此歷史脈絡中各自發展出主導國家或社會結構的權力關係與影響，其中一個最顯著的交涉現象，即是文化批判的公眾到文化消費公眾的出現。哈伯瑪斯：《公共領域的結構轉型》（臺北市：聯經出版事業公司，2002年3月），頁185-234。

2　相關論述請參閱陳康芬：《政治意識形態、文學歷史與文學敘事》（臺北市：花木蘭出版社，2014年3月），頁120-130。

的正當性。這些關乎新詩正當性的言說辯論，隱藏了新詩走向現代詩的「如何現代、怎麼現代」的美學演化歷程，以及詩語言在「當代」時間意識與「傳統」時間意識中各自發展的「現代」形貌與精神。

　　回顧臺灣五〇、六〇年代重要歷史事件與相關文學背景。一九四九年十二月七日，國民黨政府在國共內戰連續失利後，正式宣佈撤遷臺灣，全面推動反共復國大業，其中包括以計劃性的文藝政策輔助生成反共文學。一九五〇年，張道藩奉蔣介石之命，先後成立「中國文藝協會」與「中華文藝獎金委員會」，開始主導臺灣五〇年代反共文學發展，成為重要的體制運作機構。之後一九五三年發動、到一九五六年正式形成的「戰鬥文藝運動」，戰鬥文藝成為國家文藝政策方針。從反共到戰鬥，顯示國民黨政府在文學公共空間的官方論述發展脈絡。相對於反共文學的公共領域，以外省籍成員為主的文壇，卻在同年（1956）發生具有相對回應意義的重要歷史事件：一是以紀弦為首、於《現代詩》上所發起的「現代派信條」，一是夏濟安創辦《文學雜誌》。夏濟安的《文學雜誌》到六〇年代中期以後，才漸漸顯現對現代主義小說發展的重要性。紀弦《現代詩》的「現代派信條」，則直接啟動臺灣的現代主義宣言與新詩現代化的現代詩運動。

　　紀弦在「現代派信條」中宣示詩的全面現代化，引起覃子豪與其「藍星」詩社年輕詩人群的反駁，橫的移植或縱的繼承、主知或抒情的立場論爭沸沸揚揚；一九五九年，有覃子豪與蘇雪林對中國五四新文學時期象徵派的晦澀或明朗論爭，規模較小；十一月，言曦在《中央日報》發表的現代詩創作現象批評，引來各方陣營對新詩展開各自意見陳述，不論詩社流派或個人風格，新詩／現代詩詩人對於自身詩觀的維護與辯護，以及詩體的認識，都有了趨於穩定的立場；一九六一年洛夫與余光中的「天狼星論」論爭，則以詩人創作專業立場，以深入探討詩藝與詩本質之間的關係，暫時停止新詩現階段發展出的論爭。

　　這些論爭反映了從挑戰、質疑、回應、評論等不同言說意見，促發「現代派」、「藍星」、「創世紀」詩社詩人不管是主張「橫的移植」或「縱的繼承」，都一致積極肯定新詩要有「當代」意義。「新詩要有當代意識」是新詩之所以開始注入現代性的關鍵，而「橫」的西方本位，或「縱」的中國本位，只是詩人意識所選擇的創作位置。因此也影響了後續的詩文本的美學實踐，不管選擇「橫的移植」或「縱的繼承」，都必須回應當代的現代時間[3]，進而造成在「橫的移植」過程有「縱的繼承」的影響、或「縱的繼承」中有「橫的移植」的「殊途同歸」現象[4]。

　　這段歷史雖然啟動了新詩走向「當代」的發展命運，也對後來的「現代詩」正名，奠定了極關鍵的發展基礎，但是，也留下一個重要的問題尚待解決：「新」詩是如何演化為「現代」詩？這個問題涉及了詩人對詩語言本身的美學接受態度，並且影響詩語言在戰後臺灣走向「如何現代、怎麼現代」的美學革命與其系譜發展，以及兩者之間在促發新詩／現代詩的藝術自主的文學公共空間所留下的結構性推移痕跡。

3　「橫的移植」是詩人紀弦所關注的問題。「現代派」六大信條的第二條：我們認為新詩乃是橫的移植，而非縱的繼承。這是一個總的看法，一個基本的出發點，無論是理論之建立或創作的實踐。」紀弦：〈宣言〉《現代詩》創刊號（1953年2月1日）、〈從現代主義到新現代主義〉，《現代詩》的19號（1953年2月）、〈現代派釋義〉，《現代派》消息公報第一號（1956年2月1日）、〈本刊的再出發·新詩的保衛戰〉，《創世紀》新一號（1960年6月1日）等文章都可直接或間接看到紀弦對現代詩「橫的移植」的看法。覃子豪：〈新詩向何處去？〉從抒情立場提出現代詩對民族形式與內容繼承問題，可以清楚看到他的「縱的繼承」的詩觀。

4　如陳啟佑（渡也）注意到「現代派」雖高喊「詩而不新，便沒有資格稱之為新詩」，但仍存在古典詩形式與內容的矛盾。陳啟佑：〈五十年代現代派中的古典〉《臺灣現代詩史論──臺灣現代詩史研討會實錄》（臺北市：文訊雜誌社，1996年3月），頁123-147。

　　陳千武的「兩個球根」說[5]點出了臺灣新詩走向現代詩的歷史源起與後續發展的複雜向度，以及類系譜的時序發展關係[6]，而亦多有

5　陳千武：〈臺灣現代詩的演變〉：「這兩個詩的球根可分為源流予以考慮。一般認為促進直接性開花的根球的源流是紀弦從中國大陸帶來的戴望舒、李金髮等所提倡的『現代派』，其詩風都是法國象徵主義和美國意象主義的產物。紀弦屬於現代派的一員，而在臺灣延續其現代的血脈，主編現代詩刊，成為臺灣新詩的契機。另一個源流就是臺灣過去在日本殖民時代，透過曾受日本影響下的矢野峰人等所實踐的近代新詩精神，而繼承那些近代新詩精神的少數詩人們——吳瀛濤、林亨泰、錦連等，跨越了日文中文的兩種語言，與紀弦從大陸背負過來的「現代派」球根融合，而形成臺灣詩壇現代詩的主流，證實了上述兩個球根合流的意義。」（《自立晚報·副刊》1980年9月2日）。

6　這些詩人因緣際會以論述與具體創作，在臺灣五〇、六〇年代所促成現代主義的傳播，以及不同於西方模式的現代主義審美藝術形式的接受與自主開發意識，隱藏著從不同歷史主體所接受的現代詩與現代主義思考路徑。因此，戰後臺灣現代詩的發展並不能只從一九五一年的《新詩週刊》、或一九五六年紀弦所開始的現代派運動開始，而必須同樣正視「跨語言一代」，所延續日治臺灣時期日本前衛詩潮的影響。劉紀蕙指出林亨泰與詹冰是將光復前的前衛實驗帶到光復後現代運動的主要銜接者，紀弦透過林亨泰所吸取日本《詩與詩論》派的知性美學，延續了銀鈴會現代運動的精神；林淇瀁則更進一步指出，戰後臺灣現代詩運動一開頭便是融會了日治後期現代主義和四〇年代中國現代主義的混合產物。但是，因為林亨泰與「現代派」臺灣籍詩人在一九六四年組成「笠」詩社，作為臺灣文學史對中國現代主義的本土反動勢力，其影響力需待至七〇年代之後才漸次發揮；因此，以「笠」成員為軸心，從跨語言一代在日治時期所延續日本前衛詩潮的多元詩觀，另為一條可以探索「臺灣本土現代主義」的重要歷史脈絡。劉紀蕙〈超現實的視覺翻譯：重探臺灣現代詩『橫的移殖』〉、〈故宮博物院v.s.超現實拼貼：臺灣圖畫詩中兩種文化認同之建構模式〉、〈臺灣現代運動中超現實脈絡的日本淵源：談林亨泰的知性美學與歷史批判〉等多篇論文，從文化精神分析與語言主體建構的學術視野，著力探討六〇年代受到超現實主義影響下的藝術實踐路徑，包括文字符號與文本存在的詩——畫的視覺翻譯、詩體／文化母體的文化想像關係、超現實主義語法的多重文本符號互文性等。由於「笠」詩社為核心所發展的臺灣本土的現代主義理念探索、影響與實踐，相對於臺灣五〇、六〇年代的臺灣現代主義詩發展來說，是一股潛在性反動與反思的新興勢力。「笠」詩社的詩語言觀與藝術理念，說明現代詩運動在臺灣六〇年代未能解決的現代詩想像路線與問題，以及臺灣現代詩非單一性直線發展的特徵。

學者從詩史的反思與建構提出現象或詮釋的論述[7]。再回到新詩走向

7　臺灣五〇、六〇現代主義詩運動研究在發展之始，即與對詩史的反思與建構，息息相關。大陸學者古繼堂於一九八九年在臺灣出版的《臺灣新詩發展史》，從中國本位立場的歷史觀解讀臺灣新詩發展，忽略臺灣殖民歷史的複雜與獨特性；但古作激發起臺灣文壇與學術圈嚴肅正視臺灣現代詩史的建立問題。文訊雜誌社主編的《臺灣現代詩史論》，集合學術研討會之集體書寫的方式，以文學與歷史的宏觀性，從「詩的總體經驗，史的斷代敘述」立場，探討詩潮之生成、詩人群之崛起、詩風格之形成，重整臺灣現代詩史與其相關論述。李瑞騰曾從「詩學」的研究立場，指出臺灣新詩研究應該包含詩史、詩評、詩論；這三者之間關係密切，彼此錯綜、影響。張雙英《世紀臺灣新詩史》以持平中肯的角度概述臺灣戰後新詩發展源流與重要現象，並條理敘述詩社、詩刊、詩人；陳義芝《臺灣現代主義詩學流變》從現代主義、新詩、詩學三個概念出發，結合理論、運動、文學創作分析臺灣新詩發展以來的詩學影響與流變。陳政彥《戰後臺灣現代詩論戰史研究》、《臺灣現代詩的現象學批評：理論與實踐》、奚密《臺灣現代詩論》，從歷史觀照與文學社會學的角度，詳細梳理臺灣詩史與詩創作的幾個重要現象。尤其是奚密〈「在我們貧瘠的餐桌上」：一九五〇年代的《現代詩》季刊〉、以布狄厄的文化資本概念研究《現代詩》季刊，透過「現代詩論戰」為主要參照點，針對其中對現代主義的主要批評，提出詩人在文學場域的移動，與其所占的位置與可資利用的資本，都不是二元對立，而是在其所處時代背景的限制下醞釀、選擇、建立、鞏固其文學立場，並掙取最自由的文藝空間；〈邊緣，前衛，超現實：對臺灣五、六十年代現代主義的反思〉從五〇、六〇現代主義詩運動的前衛性，提出詩語言對現代漢語所產生的本質改變。（《臺灣的現代詩論戰：再論「一場未完成的革命」》則針對一九七二至一九七三年現代詩論戰對現代主義詩的兩大「罪狀」——背離傳統，一味崇洋；陷入虛無，遠離現實—批判，要求現代詩必須具備民族性與社會性，從西方現代性與現代主義的基本理解，重新審視臺灣現代詩論中的彼此誤解而造成的歷史反諷，指出「鄉土寫實論述」對現代主義詩的獨立美學批判和西方各種前衛主義精神相通，但因忽略現代主義的社會性是以經過藝術中介表現的特質，以及臺灣不同於西方歷程的歷史語境。二千年之後，臺灣現代主義詩的相關研究漸次從詩史建構的思維角度轉向場域空間的研究思維發展。丁威仁《戰後臺灣現代詩的演變與特質（1949-2010）》一跳過去臺灣當代詩史研究的歷時性與共時性思維向度，從物理空間與想像空間相互結構的詩學場域觀念重探詩論與社會群體、空間意識之間如何對應、延變的臺灣現代詩學發展趨勢。丁威仁《戰後臺灣現代詩的演變與特質（1949-2010）》從詩論與詩人存在空間的對應關係為思考點，在第二章〈現代詩學的啟航點——「現代派論戰」重探〉中，除詩學文化傾向、社會群體意識的互構狀態的基礎問題意識下，分析各流派寫作態度、方法、理論所形塑的文化新典範意義；《臺灣新詩評論：歷史

現代詩的演化發展脈絡，來檢視「現代詩」的正名問題，可以發現從「新詩」到「現代詩」的跳躍性，來自「新」與「現代」各自有所形成的美學脈絡，以及從「新」到「現代」所預設經歷的詩美學典範的轉移過程。

　　首先，「現代詩」的正名，突破中國五四時期的白話文運動對「文言文」形式反動之下、新詩所對應的「舊」與「新」的侷限發展，進而開啟白話新詩未能在詩意識上所觸碰到的「當代時間」所預

與轉型》注意到文學的自律性，回到新詩本身在歷史發展的節奏，以起點、變貌、轉型的歷史解釋模型重新敘寫、詮釋臺灣新詩評論，並透過阿圖塞（Louis Althusser）的「徵候閱讀法」重探詩評文本表現言說與文本言說間隙，剖析臺灣新詩接受外來理論的影響痕跡。解昆樺《臺灣現代詩律的建構與推移：以創世紀詩社與笠詩社為觀察核心》（2009）、《臺灣現代詩典律與知識地層的推移——以創世紀、笠詩社為觀察核心》（2013）從典律的生成與建構為論述概念，分析「創世紀」與「笠」的集團性格與詩人構成，以及這兩個詩社如何透過詩學主張（超現代主義與現實主義的典律）在文學場域的相互推移（文學論戰與文學創作），影響臺灣現代詩典律的定位。《轉譯現代性：1960-1970年代臺灣現代詩場域中的現代性想像與重估》從傅柯知識考掘學的研究視野重新回顧一九六〇、一九七〇年代現代詩文學場域的現代性話語操作問題，檢視現代詩內外場域間各話語質素間，彼此交鋒／疊的縱橫競和關係，並如何影響現代詩文體知識的建構——包括一九六〇年漸次成為現代詩文體核心知識的「現代主義」，在中末期已漸次發生轉型，其本質突顯了臺灣現代性自身內在的翻譯性。昆作試圖從傅柯的知識考掘學的研究視野重構臺灣一九六〇、一九七〇年代現代詩文學場域的知識話語的複雜現象，也注意到臺灣接受西方現代主義的獨特社會歷史文化背景，以及臺灣現代主體發展過程中面對異質話語的自我調解現象，即昆作所指明的「臺灣現代性自身內在的翻譯性」；昆作從論述官方在臺灣社會公共語境的空間支配權力與形塑影響，提出現代主義在臺灣是一種被想像的需要，因此戰後臺灣所出現、不管從紀弦所代表的大陸上海現代派或日治臺灣的風車詩社與銀鈴社，現代主義在臺灣都可以視為是一種文本旅行的轉譯工程。昆作嚴整以待地一一討論臺灣現代詩與現代性，可以看到強烈企圖與所開啟的論述對話，但回到「詩史重構」的研究預設立場，關於「臺灣現代詩運動與歷史發展」的現代化與現代性問題，昆作研究成果以論述所提出完成文學革命的典律地位形成與推移，回到歷史發展的史實基礎檢驗，是典律，還是僅僅作為一個階段性文學歷史發展的典範意義存在？仍有待檢驗。

藏的「現代」屬性與可能想像;而到了臺灣五〇、六〇年代,從新詩到現代詩過程所持續推進的「現代主義」詩論與詩美學實踐,紀弦僅(極少地)延續中國大陸地區戴望舒、李金髮的新詩發展脈絡,且通過吳瀛濤、林亨泰、錦連等詩人些許回應日本殖民時代之下曾受日本影響下的矢野峰人等所實踐的近代精神新詩[8],以至後期「創世紀」透過對西方超現實主義的調整改進而啟發的現代主義的詩美學實踐路線,留下「橫的移植有縱的繼承」的文學歷史現象;「藍星」詩社的詩人在「縱的繼承」路線,則延續中國新詩在臺灣的當代發展脈絡,以古典詩的「現代化」創新,並以此對應於(中國)民族/文化屬性的詩意識,建構「現代詩」的現代想像途徑,也留下「縱的繼承有橫的移植」的文學歷史現象。

「現代派」、「藍星」、「創世紀」等三大詩社與代表詩人最後在藝術文本實踐過程的「殊途同歸」,基本上都以自己的詩觀理念開發各自指涉的「現代」想像,但也留下各自難以解決的侷限性。包括:以民族屬性/歷史文化內容所發展的現代詩想像,成為六〇年代中期、七〇年代至今未曾斷過訴諸臺灣意識或中國意識為文化自我建構的公共性問題;再來,以個體意識作為現代自我建構的發展向度,雖然能從意象語言營造與西方現代主義同時接軌,但如何與同為現代漢語形式的外國譯詩有所區分,以及進入全球化脈絡後,現代主義對以理性中心的主體意識斷裂個體性之後,進入後現代所促發(去主體化)的純粹形式美學觀價值的挑戰,都是六〇年代現代主義詩運動進入後續歷史程的發展中,仍必須回應的挑戰。

再來,三大詩社的「殊途同歸」對於新詩走向現代詩的詩語言美學系譜的典範推移,在新詩論爭所形成的文學公共領域的自我詮釋與

---

8 同註5。

自我實踐，如何透過主知或抒情立場，對詩人創作意識與詩語言的美學形式、內容之間產生的推移與推進，如何影響詩語言之於「新詩」與「現代詩」的詩人與詩語言關係。這個問題的探討來自主知與抒情進入當代的時間意識中所演繹的如何現代、怎麼現代的模式發展，已不同於古典詩中單純以詩人驅動詩語言在前現代的建構模式，而對比出詩人對詩創作所啟動在「當代」的時間意識，影響新詩走向現代詩的美學主體究竟仍維持以「詩人」主體，還是更激烈地轉向「語言」本體？從詩人主體到詩語言本體的詩語言美學革命，涉及新詩的現代化的形式發展到此為止，亦或促使新詩繼續以更激烈的主體異化的現代性的意識發展前進，特別是詩的現代性對於詩人與詩語言自身斷裂所指涉詩語言存有本質的真理問題。

　　上述詩人主體與詩語言本體的詩美學建構路線，顯示新詩走向現代詩的兩種美學發展模式（model）：一是「縱的繼承」脈絡之下，以詩人主體所實踐的詩語言形式的現代化發展模式；一是「橫的移植」脈絡之下，從詩人主體轉向詩語言本體的語言精神現代性發展模式。這兩種美學發展模式與臺灣五〇、六〇年代的新詩論爭的文學公共領域的公共性，以及對新詩的當代性的詩文本實踐共識，逐一被釐清，並同步發展起來。考察這些新詩論爭的言說實踐，以及參照西方美學在歷史進程的座標式發展敘述，三大詩社與各方勢力透過詩的歷史發展與實踐問題的意見論爭，帶出中國五四至臺灣五〇、六〇年代的「中國球根」系譜在階段性歷史／文化／社會脈絡關乎詩美學的互動痕跡（trace）──這些詩人以自我為詩意識起點、透過詩語言的載體，企圖向外界發聲、甚至希望改變現況的欲力；這是新詩／現代詩詩人一貫特有的內在抒情精神樣態。這些內在抒情性在臺灣六〇、七〇年代的「當代」，仍繼續發酵，成為啟動新詩走向現代詩的重要關鍵資源。而主知或抒情的立場，則提供詩人對詩語言藝術發展的進路

選擇，並各自在「如何現代？怎麼現代」的文學歷史宿命中，持續為新詩走向現代詩的美學典範革命，注入新的動能與影響。

　　臺灣五○、六○年代各階段形成的論戰與各方意見的交鋒，會發現這些論戰議題的層層推進，可以看到臺灣新詩的「現代」的發生，其一球根的中國，早已從中國五四時期對語言形式的新或舊的現代化意識問題，更向前推進到「如何現代、怎麼現代」的美學典範建立的發展意識。這個過程所開啟的典範層次，讓我們清楚看到兩個重要的發展現象：一、新詩走向現代詩對抒情與言志傳統的程度性接受，以及詩人們如何滲透西方現代主義的理性語言思維，以現代漢語形式創作回應；二、詩人從現代化語言形式的實驗性所觸及到的語言現代性的精神世界觀，指涉出詩人對詩語言所採取的再現客體或語言自身之再現的本體位置，進而顯示出詩人主體與詩語言本體之間產生分裂變化的藝術實踐關係。這兩個發展現象指涉三個值得探究處理的議題：

（一）臺灣五○、六○新詩論戰的歷時性與新詩的現代軌跡問題

　　臺灣五○、六○年代發生的新詩論戰：「文學雜誌新詩閒話論戰」、「現代詩派論戰」、「象徵派論戰」、「新詩閒話論」、「天狼星論戰」。在這些論戰漸次帶動了新詩對自身定義與定位的發展脈絡的推進。重要的提問包括：從「舊詩」與「新詩」的對應脈絡到「現代詩」的「現代」，論戰者的書寫角度都顯示了自身的文學歷史視野，這些視野對現代詩的自我形塑過程產生了什麼樣的影響？古典詩、格律詩、或者大眾歌詞的抒情詩，對於現代詩的現代形式追求來說，到底什麼樣的語言形式才能稱得上是「現代」？「現代」的定義到底是什麼？大眾歌詞的抒情詩樣式為什麼被現代詩所排除？紀弦的詩的全面現代化訴求，相對於五四新文學脈絡下的新詩傳統，其革命性在哪

裡？覃子豪與「藍星」詩人的反對，以及所突顯出傳統詩意的現代化形式立場，又有甚麼意義？另一方面，「創世紀」將這些詩語言的現代化形式問題，轉向「超現實主義」的藝術實踐，「現代主義」的接受與否，都涉及到有條件的選擇與其可呼應的文學理念價值。這些眾聲喧嘩的其異與其同，各自顯示或暗示了如何或怎樣的接受與不接受的美學典範的「現代」痕跡？

（二）「現代派」與「藍星」詩社對詩傳統與現代的理解　視角

紀弦「現代派」的主知立場與覃子豪、「藍星」詩社的抒情立場，一直都有針鋒相對的論爭。事實上，主知或抒情的主張與詩實踐，之所以成為新詩在現代派論戰的極重要議題，主要原因之一是來自主知代表了西方現代主義詩語言世界觀的基點與本質，而抒情卻是中國古典文學傳統中一直位居首位的語言表現方式，尤其是在詩傳統中。言志以抒情，或抒情以言志——言志與抒情的對等性可以說是中國古典詩之所以為詩的充分條件與美學藝術的精神所在，甚至是構成詩之寫作倫理的必要條件。主知為核心的創作意識，基本上更接近科學知識的對應氣質與處理向度，而以主知或抒情立場作為詩人主體的創作詩語言基礎，對於詩人的個體性來說，除了涉及詩人寫作詩的倫理精神，在創作意識上延續傳統或採取反傳統態度，也涉及到採取不同歷史意識立場之後，詩人個體對於選擇發展建構民族自我或個體自我或兩者兼有的選擇，以及前述不同選擇而來之後對詩語言如何轉型「現代」的開發問題。

（三）創世紀詩社的超現實主義與詩語言的現代性精神探索

　　一九五九到一九六四年間，超現實主義確立了現代主義詩發展的核心概念與實踐方法。洛夫與余光中之間的「天狼星論戰」，顯示新詩已經漸次熟成、蛻變為現代詩，但仍有著不同的路線之爭。洛夫與余光中的不同路線指出了超現實主義、象徵主義所各自延伸的現代詩語言表現與潛意識自我、意識自我之間的世界觀。超現實主義詩人的挑戰，在於迫使象徵主義詩人開始正視詩語言所掌握的表象世界的意識自我之外，還有無意識的純粹自我；但是，洛夫與其創世紀詩社主張的超現實主義，從意識與潛意識之間的理性自我，修正西方超現實詩人以無意識自我表現語言本質的純粹性的反社會控制的革命美學，並從哲思世界／生命的超然於社會現實角度，試圖以不同於西方超現實詩人對純粹詩語言的超現實角度思維「現代」人的存有處境。洛夫代表之作〈石室之死亡〉，在這個意義上，使得詩語言的表象言意的現代形式與感覺結構，開始轉向詩語言實驗與個體的現代性本質精神探討；而余光中在「天狼星論戰」後以更成熟的新古典主義詩實踐，成為埋伏影響臺灣現代詩向文化中國繼續深化的重要線索[9]。

　　這三個議題架構了臺灣五○、六○年代新詩演化為現代詩的兩種進路，一是關於詩人之於詩語言所繼續的美學主體的現代軌跡；一是

9　在天狼星論戰之後出現的一個值得注意現象是：一九六四年由臺灣籍詩人所組成的「笠」詩社的興起，指出三大詩社主導的現代詩運動尚未完成，而林亨泰接續日治時代銀鈴會的日本前衛詩潮的主知主義、新即物主義、超現實主義、立體主義等詩觀，以淺白簡易的語言形式表現鄉土題材，不同於主知或抒情立場所對應的「西方—中國」本位，融滲現實主義內容、現代主義形式的臺灣本位思考，重新啟動現代主義的世界性語言本質與形式。笠詩社與笠期刊以臺灣籍詩人為核心的文學公共空間的興起，為臺灣現代詩的發展注入不同於三大詩社的現代化與現代性精神。

開啟詩語言之於真理世界的對應關係的美學本體的現代軌跡。這兩種
進路的啟迪與新詩論爭的歷時性發展，有其彼此指涉、推進的因果關
係。因此，新詩論爭指涉新詩在中國五四至臺灣五〇、六〇年代的歷
時性發展，以及詩人從當代時間所對應的創作實踐意識，不只是連續
性的歷史事件的積累，而是有其詩人如何反思與實踐詩語言的現代軌
跡與其歷史內在性演繹意義。

二　新詩論爭的歷史文本所對應的詩語言的現代美學發展軌跡

　　臺灣五〇、六〇年代新詩論戰的歷時性與詩的現代化問題、「現
代派」與「藍星」詩社對詩傳統與「現代」的理解視角、「創世紀」
詩社的超現實主義與詩語言的現代性探索等三大議題，指涉了新詩
「為何」與「如何」向現代詩演化的發展問題。論戰的形成顯示各方
參與者對議題的關注與意見表達，已經從個別個體的自由發表累積到
數量或質量程度的意見交流或論述交鋒，這些發表在現代報刊與文學
刊物的言論，顯示當時參與者對議題本身的實踐言說。這些實踐言說
對於當時政治主導的反共文學體制來說，是相對具有高度的自主性，
並帶有言論自由主義的特質。

　　這些帶有言論自由主義特質的意見交流或論述交鋒現象，形成對
新詩的言說論辯，開啟了臺灣現代詩論戰的第一階段戰史，包括：
「文學雜誌新詩論戰」、「現代派論戰」、「象徵派論戰」、「新詩閒話論
戰」、「天狼星論戰」。這些層層推進的論爭。不管立場或贊成、或反
對、或中立，參與論爭者彼此之間的交談、論辯、溝通等對話，對新
詩在五〇、六〇年代的當代發展的意向性，亦產生了一定程度的闡述
推進作用。

　　這些過程標示著新詩在一九四九年之後發展的自我理解、自我檢討與自我批判，而各方勢力的公開討論，不只是意見的交鋒或交流，其交鋒或交流的過程也啟動公開言說與論辯的理性機制，促使文學本身的推進發展，開始轉向以言說溝通與批判為基礎的運作方式。相對於政治權力主導的反共文學，新詩論爭所漸漸衍生的文學公共領域，代表的是文學自主與相應文學自主的公共性發展，最終的結果就是促使現代詩的正名與獲得普遍的接受。

　　現代詩的正名與普遍接受的結果，涉及詩語言在當代歷史中所啟動的現代進程發展的結果；延續中國五四新詩的小規模討論，到臺灣五〇年代紀弦號召現代派、高呼現代主義之名的「橫的移植」，到藍星詩人群起以「縱的繼承」堅持回應，將原本只是不同詩社的不同立場之爭，轉到一致對外抵擋中國五四時期保守文化勢力的質疑，再繼續擴大到各界熱烈參與討論新詩，最後回到詩人內部同行之間的創作評論。這些自發性的自由論爭，形成一種相關新詩的言說辯論機制，為新詩的何去何從問題，轉成肯定其歷史發展的正當性。

　　新詩論爭作為當時不同於反共文學生成的一個特殊歷史條件與現象，對於六〇年代之後漸次啟動的現代詩運動，具有相當程度的影響。顯然新詩論爭與現代詩在臺灣五〇、六〇年代的發展推進，存有因果現象之間所可指涉、對應的一種深層結構。這個深層結構與詩人主體，以及詩人主體對詩語言發展的意識開發，有密不可分的關係。

　　這個理解角度從歷史事件來說，就是以紀弦為代表的「現代派」的「主知」立場與覃子豪為代表的「藍星」的「抒情」立場——基本上，「主知」與「抒情」不只是決定詩人與詩語言的關係，也決定了新詩的現代系譜的語言發展向度；而詩人與詩語言之間的對應關係的改變，更影響新詩走向不同的現代軌跡的建構與發展。因此，新詩論爭所留下的自由討論與言說辯論文本，不只是參與論爭的論爭文本，

而可從論爭在論域本身所形成的公共性的自我詮釋，追蹤詩論之於詩人對詩語言的主體實踐、或可能轉向本體實踐的影響，以及其不同歷史階段中詩語言如何被實踐的歷史文本。

上述提問指出了詩人主體與詩語言之間的美學實踐問題，所關涉的兩個重點：一是詩人對詩語言所採取或主知、或抒情的創作意識立場，之於詩語言本身從新詩走向現代詩的現代進程有何不同？二、詩語言之於詩的美學形式與內容從中國五四時期到臺灣五〇、六〇年代，對於新詩走向現代詩的歷程發展各有何表現？這兩個重點涉及詩在歷史時間中的演變發展，本身有其所依循的藝術自主原則、與其在歷史時間所驅動的自我推動力，至於歷史與社會的特定環境提供何以發生、可茲參照、解釋的客觀事實，僅只作為「條件」因，而不是絕對的「主導」因。這與反共文學透過國家公共權力主導的藝術他律原則完全不同。

因此，本書希望能跳脫目前臺灣現當代文學以文化研究的單向式或外圍式進路的理論方法，而企圖從新詩如何走向現代詩的「如何現代、怎麼現代」的美學基本問題意識，預設五〇、六〇年代通過自發性與公共參與所形成的新詩論爭的歷史文本觀察，肯定其新興秩序本身所關涉詩語言的藝術自主原則，探查臺灣五〇、六〇年代新詩如何走向現代詩的美學發展軌跡。包括主知與抒情的創作意識立場決定詩人的美學主體、亦或詩語言的美學本體的詩語言建構路線。這兩種不同的詩語言建構，來自詩人對詩語言採取現代化的進路、亦或走向異化的現代性發展。特別是主知立場所啟動的理性意識之於詩語言存有的特殊真理啟迪——語言在尚未經過詩人蘊思之前只是世界的生活語言，然而語言一旦成為成為詩語言之後，就脫離詩人，也脫離世界而獨立存在。這個特質說明了詩語言的生成結構包含了「先於詩人存在的世界與生活語言——中介者的詩人——通過詩人而後存在的詩語言」。

　　詩人理性機制在現代時間意識所啟動的詩創作，造成現代詩與古典詩的最大歧異性的發生：古典詩的詩語言生成結構並未與詩人主體形成斷裂，是先於詩人存在的世界與生活語言，通過詩人而形成詩人所投射的客觀反映或帶有想像性質的主觀世界描述，詩人與詩語言之間仍有一致的理解與對應性；然而，新詩走向現代之後的現代詩系譜——特別是象徵主義詩派的詩語言——的象徵性，不一定與世界生活語言能共通對應，即使出自詩人，也不一定必須依附於詩人主體；一首詩的完成就是一個詩語言自身世界的完成，同一詩人的不同詩之間的詩語言也不必然有其一致的邏輯性或對應性。現代詩的內在抒情性之所以不同於古典詩，在於現代詩語言的世界觀的解放——一個可以完全獨立於世界生活語言之外、可以是詩人自身對世界的再現，也可以屬於詩語言自身的存有世界。

　　主知的立場排除了詩人主體的抒情意識與抒情性，本身就是一種對於個體完整性的自我斷裂過程。由主知的創作意識所連結的創作意識，之於詩語言來說，已經不是詩人個體對世界存在的「再現」過程，也不一定要依循生活中所共通或能理解的語言或法則，而是探觸到一種可以擁有完全解放的權力——但古典詩人操作詩語言某種程度還是依附在世界生活語言系統之下[10]。反觀抒情的立場所導向的新詩

---

10 另外，六〇年代「笠」詩社詩人的現代詩正名則從現代主義對立面的現實主義立場，回到可共通於生活世界的語言脈絡，又建構出不同於古典詩世界觀的詩的「現代」理解，證明現代詩的「如何現代、怎麼現代」並非由現代主義的美學世界觀所獨占。現代主義與現實主義都有其對現代詩的詩語言美學建構方式。而現代詩的詩語言流動與對世界的再現，之所以較古典詩以詩人為主體的語言世界觀更為複雜，在於現代詩的美學形式與內容結構係由詩人主體與詩語言本體所共構的斷裂性存有特質有關。因為詩人主體會受到歷史與社會的條件限制，但詩語言在現代性存有情境的驅動中，激發其回歸本體的可能性，即詩意識的現代性美學革命。詩意識的現代性美學革命一旦發動，帶來詩語言發展自身的美學邏輯。這意味著現代詩人創作詩語言，並不表示詩語言只能作為詩人的附屬物存在，詩語言有其屬於語言自身的

的現代軌跡，將詩人自我定位在抒情的主體，抒情主體所驅動的詩語言，是詩人對世界的「再現」過程；詩語言之於詩人，不是自體存在，而是因詩人本身的抒情性，使得詩語言附屬在詩人的主體之下，並必等待被詩人召喚而有詩的世界形成。這意謂著詩人抒情主體所建構的詩語言，一旦進入當代的現代時間意識，勢必面臨一個嚴重的考驗：抒情內容脈絡的「現代」表現應該要用怎樣的語言才被辨識出來？

　　因此，不管是主知或抒情的立場，新詩本身一旦進入當代的時間意識，都有其啟動詩語言的現代軌跡與歷史進程，而或橫的移植或縱的繼承之間的詩社論爭，則直接或曲折地間接指涉出現代主義之於現代時間意識所產生的的形式美學與精神美學，對新詩產生的現代脈絡的詩語言實踐，都不是絕對的「縱」或是「橫」的問題，而後最終指向殊途同歸的「縱中有橫」或「橫中有縱」現象。這說明了新詩走向現代詩過程所發生的兩種不徹底的現代性：一是以縱的繼承立場朝向現代主義詩開放之後，透過現代主義的實驗性的詩語言美學表現方法、而取得更具現代語言的質感轉化；一是從橫的移植立場要求現代主義的美學語言與精神化之後，其個體性所面臨的現代自我的斷裂危機，以致回歸民族自我。這兩種「不徹底現代性」的發展面向點出臺

存有世界。現代主義作為詩體的「現代」藝術實踐路徑，其所共同展現並標示一種具有現代本質的意義，即在於以語言形式的實驗性召喚出語言的本體世界，並將之合法化；其反動性在於宣告語言自身的完整存有──語言形式即為語言存有之保障。這個保障指涉出現代主義的革命性在於宣告形式即精神的語言世界觀的到來，也揭開現代主義之所以「現代」的革命性，在於語言有其脫離詩人主體而有自身本體完整的存有樣態。「笠」詩社則以逆向於現代主義語言世界觀所實踐的「現代」詩語言想像，從詩人本位回歸現實的寫真描寫，抑或促使詩人主體疊合於詩語言本體的真理存有……等不同詩語言技藝，構築臺灣現代詩的現代精神表現。證明現代主義只是現代詩的一種美學典範。笠詩社也有其通過臺灣日治時期與六○年代所確定的現實主義美學典範所完成的詩語言的意識革命與現代軌跡。

灣現代詩的特殊發展樣貌,以及各自站立在各自脈絡亦接受亦修正西方現代主義之後的詩語言美學實踐。

從這個觀點而論,西方現代主義作為真正啟動五○、六○年代新詩走向現代詩的形式表現與精神追求,以致在臺灣文學史上取得具有決定性影響的美學典範,除取得截然不同於中國五四時期的詩語言的當代意識發展之外,論爭過程依據自由參與所形成的實踐言說與其言說所啟動藝術自主原則為新興秩序的公共性,作為新詩朝向現代詩的獨特歷史條件,新詩論爭的歷史文本,指涉出新詩在這獨特歷史條件之下所揭示詩語言的「如何現代?怎樣現代」的美學典範發展,以及兩者之間所對應的美學實踐關係。

三 相關研究方法與基本問題提問的文獻反思探討

對於上述相關問題意識的探查,通過文化研究進路結合不同知識領域或典範的論述研究成果中,具有代表性的是劉紀蕙的精神病癥式分析的研究進路。雖然,劉紀蕙的精神病癥式分析的研究進路並不是針對現代詩或是現代主義論域,而聚焦於前衛藝術的視覺形式與精神本體所到能觸及的文化自我意識的表現問題為主。然而,若將劉紀蕙的研究進路思維延伸至現代主義在臺灣五○、六○年代對新詩的詩語言實踐的接受與影響,仍會發現其過程中有關文化自我意識召喚語言進入當代的時間意識與詩人主體之間所發生的異化現象。這個現象關涉詩人主體讓位至詩語言本體的現代性精神意識發生。

雖然,這個異化現象基本上並未像前衛視覺藝術直接是以精神病癥方式展現,但事實上,詩人以主知所驅動的現代性精神意識,自動放棄詩人以抒情主體所掌握的世界再現的語言表達方式,轉而尋求語言本身所自有存在而對應世界的概念或尋找理型的指涉關係。詩人之

於詩語言的現代性美學精神意識的發生較前衛視覺形式藝術更加複雜的原因，在於詩作為一種文學體裁，不管是古典詩或現代詩都有其詩人驅使語言的規範或認知。但是現代詩與古典詩最大的不同，在於古典詩的美學形式規範與詩語言內容之間所建立的美學風格之間，仍具有高度的一致性；然而新詩趨向現代詩的發展過程，抒情立場所驅動的詩人再現的詩語言世界，以及主知立場所斷裂的詩語言之於詩人依附關係而自有存在的詩語言世界，都產生形式與內容可以不再具有協調或和諧關係的美學特質。

劉紀蕙〈文化研究與臺灣狀況〉（2001）從文化研究在臺灣各領域以研究方法進路形成普遍化、但未能進一步以知識典範或知識論在學術體制生根的矛盾，指出其中一個根本原因，就是：不同領域會因其學科領域的預設與關懷，而發展出不同組合的方法論與理論範疇，甚至也會因各種資源條件的不同，發展出特殊的文化研究議題、方法論或體制規劃。劉紀蕙的觀察與省思也相當適用在近十年的臺灣現代詩運動的研究成果。文化研究的學術視野確實讓我們清楚看到現代詩運動發生之所對應的各種客觀條件，以及這些客觀條件所指涉出——臺灣新詩對現代主義開放之後的現代詩運動，在世界性現代主義潮流中的「錯置」發生或是「誤解」。而「錯置」或「誤解」點出西方現代主義為中心的觀察角度，以及西方現代主義在臺灣接軌的「美麗錯誤」。

但是，我們試著從薩依德的「理論旅行」（theory traveling）的角度，進行正向與逆向的思考，正如薩依德所指出的：理論會在這個過程中削減其厚度與力道，並且與當地的時空背景發生延變性的對話。因此，我們可類推：一個理論從他地到本地的過程，確實會發生如紀弦所宣稱的「橫的移植」現象；然而，被移植的一方就只能從斷裂傳統的否定態度接受「現代」嗎？事實不然，覃子豪的「縱的繼承」宣

言,同樣也讓我們看到理論接受過程中,訴諸傳統的文化主體意識如何在現代主義的刺激中,具有自我形塑與發展現代的能動性。有趣的是,紀、覃兩人與其代表詩社即使有著看似對立面的宣示,可是兩人在文本實踐的創作理路與發展的詩觀,又有極相似、且可彼此回應的軌跡。到了余光中與洛夫,則更清楚看到兩人對西方現代主義相關詩論的理解,在現代化與現代性接受的推進與拉扯,以及未來可以各自發展出的美學世界觀。

再回顧劉紀蕙《心的變異——現代性的精神形式》從文化精神分析為進路,指出中國與臺灣二十世紀現代化過程中,國家的整體性成為現代性的欲望對象;「心」作為個人主體性的隱喻,顯示以個體自我為核心價值的現代自我主體性,如何被馴。化/激化在以父之名之下的集體自我認同中。以民族/國家的神聖他者的內外現來檢視/投射/建構自我,成為發展個人主體的倫理秩序,顯示出一種文化自我形塑上的精神病徵。

劉紀蕙「心的變異」的精神分析式的隱喻語言,重新探討臺灣/中國發展現代化過程被民族/國家論述語言所構築的精神結構。《孤兒・女神・負面書寫:文化符號徵狀式閱讀》從作為對象(object)的物為觀察基點,逆向回溯其所可能被思考、被理解,以及其被選擇的目的性與情感性原因。作為「對象」的文字或藝術行動或視覺物以負面方式所引發的慾望模式,在描述的過程中也透露出主體的慾望運作痕跡。劉紀蕙從文學、藝術、文化論戰、文化政策等脈絡討論臺灣三〇年代到九〇年代的超現實主義書寫與負面本土意識,在歷史發展動態的話語推演過程中,其所辯證、展示的「現代」精神延變張力與複雜軌跡。

《心之拓樸——1895事件後的倫理重構》則回到「一八九五年事件」之後所進行的各種知識翻譯與知識詮釋等相關歷史,從「話語結

構—歷史環節」與「詞語—主體」相互辯證的現象中，觀看知識話語如何以現代形式滲透主體而產生自主驅動力，並反映出具有特殊位置意義的時代主體感受。劉紀慧延續「對象物」、「觀念對象物」的研究概念，探討晚清知識份子如何在自身的倫理知識資源中遭遇現代翻譯話語的西方他者，因主體位置與話語接受之間不斷位移與延變關係中所建立的「拓樸」空間。劉紀慧從知識系譜所共享的話語邏輯對應書寫者的主體位置，以「倫理」問題切入現代主體話語邏輯的生成軌跡，並分析中文脈絡下的現代倫理主體話語邏輯的複雜性。

劉紀慧認為倫理知識概念透過複雜的翻譯、內化、再闡釋與重新創造而被建立的過程，雖然折射出不同主體位置的共享邏輯，以及說明東亞現代性的根本問題，但考察知識系譜的轉型，不能只從內部與外部的對立辯證思考入手，必須從不同主體各自對應的歷史共時性位置，重探其倫理主體與話語邏輯之間可見與不可見的各種運作機制。劉紀慧以現代話語的主體意識的研究立場，從晚清知識份子在中文脈絡倫理話語的現代系譜建構，探討倫理主體與話語邏輯之間的「同體異形」的拓樸關係，再從尼采、海德格、傅柯、拉岡到巴迪烏的思想迴圈論述，進一步討論倫理主體與話語邏輯的關係，並再次回到中文脈絡，討論如何思考「心」之可計算與不可計算的一與多的問題。

劉紀慧試圖從「對象物」、「觀念對象物」的客體位置與研究思維向度，重新探討、演繹倫理主體與話語邏輯之間的同體異形的拓樸關係，可以清楚看到當代新興話語結構的現代與現代性接受現象，以及其共享的話語邏輯，但是否一定要從「對象物」、「觀念對象物」的研究方法論出發，則端乎研究者的研究進路與詮釋位置。語言作為表述者思想意識運作的遺痕，從言有窮而意無窮的觀點來說，言是無法完全達意，說明語言表意之間不能全盡全涉的限制。然而，也正因為言與意之間的斷裂，我們確實可以想像語言表象之間存在著其可見與不

可見的空間。問題是我們要怎麼理解語言與意識或語言與思想之間的關係？這個提問幫助我們認識：語言的存有並不能全然作為主體意識思想的「對象物」或「觀念對象物」來理解，而仍須從人的主體在時、空形式結構中以語言掌握自身存有意識的脈絡來思考語言存有現象。海德格說「語言作為我們的居所」，不只是說語言作為語言之自身存在，而是進一步點出了語言自身的本體存有特質；具有主體性的人透過語言掌握自我意識，自我意識被語言「短暫固化」為表述的內容物，主體因而能夠被辨識出來。

因此，若不從「對象物」、「觀念對象物」的客體位置與研究思維向度為思考點，是否可從「詮釋存有」的研究進路來檢視表述者個體與其所對應的時代位置，以及這兩個脈絡所關涉的傳統與現代話語資源來提問：為何不同意識思想個體的共時性現象中都存在著同體異形的特殊現象？再接著回到晚清知識份子所共享的傳統的歷史視域脈絡來檢視，則可以進一步提問：中國傳統學術思維中的「體」與「用」概念／傳統如何影響這些知識份子進行傳統知識話語的現代化或現代性改造工程，而這些改造工程又如何逆向以現代或現代性屬性，反滲透於傳統知識話語，而產生質變的可能或直接產生質變？

上述這些現象幫助我們看到台灣五○、六○年代詩人也像晚清知識份子一樣，有其當代的中國傳統與西方現代並存的歷史情境，因而間接提出：詩人對現代主義接受之於現代詩運動所生發的文化主體有其包含個體自我與民族自我的雙脈絡，以及個體自我與民族自我所可以對應的「社會空間」定位，然而，社會空間只是讓我們看到發生與形成的客觀條件──文化研究的侷限性亦在此。但是若從詩語言的美學形成與概念出發，會發現：詩的發生的第一主體是詩人自我，然後形之詩的語言，然後，才有所在的時空。若是從「詩人與詩」立場探問新詩如何走向現代詩，我們會發現臺灣現代主義與現代詩運動，早

已潛伏在詩人個體與詩社的詩人集體在臺灣五〇、六〇年代的歷時性中發生，而關鍵在於新詩論戰所形成的輿論與公共性。詩人、詩論、詩語言——作為新詩如何現代、怎麼現代的三個觀察向度，不管是詩人與詩論、或詩人與詩、亦或詩人與詩論與詩，都在一種試圖保持平衡的對話關係，而不管是何立場的詩人對西方現代主義詩與詩理論的開放態度，可以觀察到臺灣五〇、六〇年代的現代詩運動的特殊性：自我追求與詩語言實踐意識的同步發生，以及與當代社會主流思潮「保持平衡」的共生結構。這與西方現代主義試圖從文學的藝術自我反抗社會體制的「異質化」的革命理路，完全不同。

　　回到臺灣五〇、六〇年代的新詩論戰對現代詩運動的啟動，論戰的內部交鋒關於「橫的移植」與「縱的繼承」的問題，而不管是「橫」或是「縱」的立場，詩人一致同意詩要有的當代意義。當代意義的追求促使詩人與詩進入此時此在的「現在」的歷史時間，而經歷了象徵詩論戰與新詩閒話論戰，詩人對西方現代主義詩與詩論的開放性，也打開世界詩人與詩的普世當代連結。西方現代主義所內蘊的理性思維與對詩語言的美學自由實驗，更是挑戰中國古典詩的言志與抒情傳統。因為古典詩的傳統是以詩人為主體、詩作為詩人自我再現或以自我為核心所延伸的美學表現。從關係意義來說，詩的內容才是詩人的主客觀精神所在，詩的美學形式是詩人表達自我的客觀載體[11]；

---

11 就筆者的理解，中國傳統詩人偏向以內容（不管是抒情或言志）主導創作思維，形式只是「填裝」內容的「文字表象」，也就是說，形式在中國古典詩中，發展到唐詩，因格律的定型（絕句／律詩）而漸次失去其藝術主體性，但李商隱的無題詩系列是特殊的例外——李商隱的無題詩已經展現出「形式即內容」的創作思維與方法；這樣的創作思維已接近臺灣六〇年代之後現代詩人透過現代主義所觸動／掌握的詩本體概念——即文字本身即可表現的詩想）。學者顏崑陽《李商隱詩箋釋方法論》針對清初以來諸家箋釋，幾乎都以「詩史」、「比興」為本質觀，而以「知人論世」、「以意逆志」為方法學，顯示出類化的批評型態；其中以李商隱詩尤具典範意

　　然而，西方現代主義透過語言形式的革命與意義再創造，企圖以顛覆規範的語言、語言的規範來實踐藝術自主精神，對臺灣的現代文學發展產生深遠影響，藝術自主原則也透過新詩論戰與詩實踐，成為國家公共權力之外的新興公共文學秩序。

　　而臺灣現代主義的特殊性不管是被解讀為「被殖民化」還是「在地化」，藝術的自主性原則或許可以為我們提供一個更積極的詮釋進路——不管現代主義在臺灣是基於理解或誤解的傳播過程，藝術自主總是會在看似偶發的歷史事件中以創造性背叛締造出的新的可能性，這是從美學主體概念重新觀察臺灣現代主義如何在五〇、六〇年代亦步亦趨地接受的過程中所完成的歷史視域。本書希望能透過臺灣文學史「為何發生」、「怎麼發生」的自我反思意識——任何已發生的文學現象背後都有其決定必然發生的歷史條件與語境，透過文學現象詮釋的重新探問與定義，重建其對應的歷史視域，並試圖描述此歷史視域中縱橫交錯的生成現象軌跡之外，也試圖找出新詩是如何演化為現代詩的軌跡，是極有意義的一件事。

　　此外，從現象到詮釋的現代詩存有反思的研究進路，並透過對現象發生的基本問題與演繹分析是本書嘗試從新詩論爭演繹現代詩發展軌跡論述的思維方法起點。這個起點預設一種可能：論爭文本與歷史發展之間具有一種辯證的軌跡關係，而辯證關係的存在，可以使我們意識到「人」在歷史與文學的行動，是以主體方式參與，但思想軌跡卻是以文本形式被保留下來；這些論述文本對於歷史的推進結果之一，即導致現代詩的一首詩的完成就是一個語言本體世界的生成原

義。但是，這些類化的批評型態有其歧誤；故針對清初朱鶴齡以下，歷經馮浩以致民國張爾田等三百餘年箋釋學史，詳其考察源出與流別，辨析其方法之效用與歧誤而調適之。其調適的正當性與李商隱詩的藝術形式認知均有密切關聯性。詳閱顏崑陽：《李商隱詩箋釋方法論》（臺北市：里仁書局，2005年11月）。

則；這些論爭文本對新詩的歷史發展的參與，反映新詩在特定歷史條件下所發動的藝術理解與對應的語言世界觀。試圖回到這些藝術理解，探查詩人在詩意識與其語言世界觀自身的變異關係，以此作為思索，並嘗試建構以美學詮釋為中心的文學歷史論述。

　　而以美學詮釋為中心的文學歷史論述建構之所以可能，其論理基礎來自文學歷史現象的詮釋學研究方法。現象的概念可以讓我們迅速以「事件」掌握到其具體內容，並省視其在時間序推進的各自脈絡與關係脈絡的因果關係，而歷史的後見──臺灣五〇、六〇年代現代主義詩運動的定論，又讓我們清楚看到這些因果關係在紛亂且看似偶然的現象中，卻又各自具有一種意向性，這些意向性都是指向現代詩運動的必然發生。文學歷史現象的詮釋學的研究進路之所以成立，一方面是基於現象自身在歷史產生的意向性會與事件的真實性相互指涉而形成意義；因此，另一方面來說，研究者對於意義的探究不一定要以一個特定的理論視野或論述規範建立對現象的認知，而是可以讓理解在現象中呈現其意義，正如海德格所言「回到事物自身」（to the things themselves），讓文本的自身現實／真實領導研究者去理解它。

　　以「從現象回到事物自身」的認知觀點出發，臺灣六〇年代之後的現代詩運動對應於五〇年代反共文學現象，自有其極特殊「對立」面呈現，包括：臺灣現代詩運動以自主的純民間文學社群所興起的文學公共輿論，回應五〇年代半官方半民間組織動員的文學體制現象；社群詩論主張與公開論爭形式回應政治集體（反共小說）與文學個體（懷鄉小說）敘事分流現象；積極實驗／開發現代詩語言等面向回應小說寫實敘事。現代詩在其當代作出的回應都可以看到：以「詩」的語言形式更能比小說敘述獲得語言本體的藝術自主空間，而詩人在中國文化脈絡的個體抒情言志傳統，相較於現代小說發軔於知識份子所青睞的民族國家命運載體價值，其詩的語言美學表現其實並不容易直

接被現實政治環境所收編。

　　這些於臺灣文學史發展過程的現象，並不一定要完全借用西方理論的論述途徑，才能深入探討。論述者仍可以透過事實的本原，透過對基本現象的因果與關係描述，直接開展可對應的詮釋想像與推理演繹。因此，臺灣五〇、六〇年代中的文學行動者在文學歷史中所回應的歷史作為與文本實踐，既是歷史現象，也可被視為在歷史中行動的文學主體；研究者的研究行動則是透過一種對話的立場，在已知的歷史現象中，客觀分析個人在此之中的理解，並試圖建立理解背後所可能合理建構或展演的歷史視域。

　　回顧臺灣在五〇、六〇年代接受現代主義的主、客觀條件，以及發展出的樣貌與內涵，相對於西方現代主義，本身就是一種歷史殊相。如果我們若以新詩論戰的發生與推進來提問現代主義如何被接受，我們會發現現代主義之所以「現代」，就詩語言形式來說，不只是白話詩取代古典詩的新舊之爭，而是透過詩人的獨立個體的精神意識重新發現語言的各種可能性，包括如何以現代白話的想像語境詮釋創造傳統意象，與古代詩人杜甫在格律規範中尋求破格與平衡的拗體的詩藝／詩體典範，仍有所不同；現代詩的語言本質與當代／現代時間的「本體性」、「自我意識」是聯繫在一起。臺灣現代主義之所以如此特殊，即在於臺灣現代主義對西方現代主義所採取的選擇性接受，既非像西方現代主義者對古典規範有明確的反動美學意識，也缺乏對新興資本社會中產階級庸俗的大眾文化意識的自覺[12]，而是從西方現

12　新詩論爭對縱的繼承的討論，可以看到延續五四新文學時期對白話詩過渡到新詩的形式解放的普遍接受，但在內容表現風格仍接受傳統的抒情美學意識，以及當時國民黨政府的右翼中國的文化意識形式，包括正統中華文化傳統的保守文化（胡適為代表的）選擇性五四新文化意識形態；縱的繼承所延伸的主知原則，則是開啟現代主義（以疏離／斷裂本質為中心的「我」主體）的現代性語言意識的鑰匙——包括意識理性與潛意識的對抗理性語言。現代性的「主體我」的開發，與物理的原子結

代主義對於語言形式的實驗性所引發理性的自我意識的覺醒，以及改變了詩人與語言之間原本的主客體關係，進而發現「詩的存有」。

四　詩的存在與詩的存有──臺灣五○、六○年代新詩論戰的詩論與詩語言發展

　　臺灣五○、六○年代現代詩論戰的歷史發展過程中，歷經多次對詩與詩論的多方論爭之後，現代詩的概念漸漸取代白話詩與新詩，而獲得普遍的接受。雖然現代詩在詩史上取得了現代漢語在詩體創作的白話文形式與內容指涉的概念，但現代詩在論爭過程中為何能夠取得「現代」之名，論爭者對於現代漢語創作的詩體與詩論應該「如何現代，怎麼現代」的想像與實踐，在「文學雜誌新詩閒話論戰」、「現代詩派論戰」、「象徵派論戰」、「新詩閒話論戰」、「天狼星論戰」等階段性論爭中，都有來自各方或中立、或保守、或前衛等不同立場，針對或詩體或詩論上意見的交鋒、澄清、辯答、評價……等爭鳴現象。在這些各自爭鳴現象中，現代主義發展向度的詩語言典範與美學價值的現代詩宣言與創作實踐，確定了現代詩對「現代」的想像接受，進而廣泛地取代了「白話詩」與「新詩」的概念。

　　這個論爭的過程意謂著白話詩對「白話」的想像、新詩對「新」的想像、現代詩對「現代」的想像，有各有其在概念本位上的指涉脈絡。這些指涉脈絡關涉到現代漢語對詩體形式與內容創作所介入的「現代」程度與想像方式。現代主義詩論的接受與創作實踐，帶來不同以往白話詩或新詩脈絡的詩語言的現代性想像的可能，並取得臺灣

構的科學觀，個人主義的社會觀都息息相關。這些對人的理解與再現認知，基本上已經游離出前現代歷史對「人的個體」所總結的理性與抒情性範疇，而是一種局部斷裂之後對人之理解的重新詮釋。

六〇年代現代漢語詩體創作的語言形式與內容實踐的典範,以及肯定現代性意識的語言本體的美學發展空間。

　　本書希望從這個思維角度,觀察詩史的階段論爭,以及詩人支持詩論的詩語言創作實踐立場,省視這些促成現代主義被接受的詩論爭辯過程中所接受詩美學主體的沿革、變(異)化與發展。這個質性的前衛性變化已經遠遠超越白話詩或新詩所能承載的意涵,而帶來一種全新理解方式的語言世界觀——詩語言的存在已經不再是詩人主體對世界以語言表象的延伸物,而是詩人意識以詩形式進入世界、掌握世界、完成一首詩之後詩人退位、離開而留下詩語言自身與其存有。這個轉變,使得構成詩的美學精神不再只是詩人的絕對主體,還包括詩語言之自身;詩語言之自身即是詩的本體存有狀態,可以直指詩人在當下所客觀理解世界或表述對象的本質與真相;詩人在詩完成之後的退位,使得一首詩的形成可以說是詩人意識所對應的語言文字與其所指涉現象、被「固化」在詩之中,詩語言以詩之名而取得本體化的現象。

　　最後,現代詩之所以不同於白話詩或是新詩,正在於新詩接受西方現代主義詩之後所驅動的現代意識與詩的存有的語言世界觀,將詩語言從詩人個體意識對世界現象所掌握的美感經驗的主觀或客觀描述,重新以理性的主體思維重構詩語言的可能性,進而產生不同於個體在「傳統─現代」流動時間對語言產生的理解與意識方式。這個逐漸被驅動的歷程,「現代詩」的概念在普遍被接受之前,被涵蓋在白話詩、新詩、現代主義詩、自由詩等不同形式之名的系譜,顯示詩的「現代」的發生的歷時性,以及其所各自所依憑所能展開的對詩的理解脈絡。因而,現代詩的完成始終是伴隨一個帶有挑戰意義的典範向度——而非最終的典範位置;現代詩的詩語言革命從未在臺灣五〇、六〇年代被完成,詩語言的現代美學革命仍持續以形式或內容的可能性,向著後現代繼續前進。

第二章
「現代」的語言形式
──「白話」詩、「自由」詩、「新」詩到「現代」詩

　　詩社與論戰是觀察臺灣五〇、六〇年代現代詩發展歷史的兩大重要現象。五〇年代臺灣詩壇最重要的兩件大事：一是以紀弦為首的「現代派」宣告成立；一是連續三場的新詩論戰（「文學雜誌新詩論戰」、「現代派論戰」、「象徵詩論戰」）。六〇年代初的「新詩閒話論戰」、「天狼星論戰」，基本上是延續五〇年代的論戰，但對新詩走向現代詩的樣貌與本質有更深化的討論。

　　而在五〇到六〇年代的這幾場論戰中，不同文學勢力的擁護者分別從歷史、從理論、從批評……等不同角度，提出或贊成或反對或觀望或需再持理論之……等不同意見。綜觀而言，這些論爭大抵環繞在兩個重點：一、以白話形式為主的現代漢語新詩是否值得繼續發展？如果值得繼續發展，應該如何發展？二、以白話形式為主的現代漢語新詩可以透過語言革命帶來甚麼樣的想像美學世界？這些論爭中已經注意到詩的形式與詩的本質的種種「現代」可能性，也觸及到詩人對詩的意識的建構，以及詩語言本身或詩本體因西方「現代主義」（不管是在理解或誤解的情況下）的引進，而開始有其更多詩語言世界之中關於「可觸不可及」表述的可能性開發。

　　對於臺灣六〇年代現代主義詩運動的「革命」，之所以有其關鍵的影響，不只在於「現代詩」的正名與普遍接受，或是如何定義現代詩，或是臺灣在不夠西方工業文明水平或現代都市氛圍情況下竟能產

生具有區域獨特性且不同於西方現代主義的現代詩，也不是在缺乏容忍絕對個體的政治社會壓迫而與西方現代主義接軌的可理解精神狀態……，而是臺灣的現代詩如何在自己脈絡之下的政治社會時空條件與其相關侷限，以相對於文言文形式為主的「白話」語言，開始建構詩人所感所觸所想所望、屬於「當代」的現代詩——從「文學雜誌新詩論戰」、「現代派論戰」、「象徵派論戰」、「新詩閒話論戰」、「天狼星論戰」等論爭，可以看到當時詩人在個體與群體雙重脈絡下，對「詩」展開理論性的歷史檢討或美學實踐。

這一章主要是討論這些詩人在五〇、六〇年代對詩語言的「形式」稱謂的定義論戰，以及不同概念之下對詩的形式的理解脈絡與想像方式。在這些論爭之中，不同論理企圖所規範的定義，以及概念定義所連結的文學知識理解或發展意見，都可以看到一個容易被現今所忽略的事實：現代主義的現代詩雖然最後取得了六〇年代的「典範」位置，但是，現代主義本身的弔詭性在於開啟「現代」本身對時間自身所產生的斷裂性與空間化的意識理解，以及透過形式的各種可能實驗而達成的語言質性或是語言自身世界表達的啟動。

這個弔詭性啟動了從詩人主體轉到詩語言自身可能性發展的語言意識，五〇到六〇年代的階段新詩論爭過程，展現出詩人或論者們在中國五四以來取得的「白話詩」，走向繼續跳脫古典文學傳統脈絡的語言世界觀，透過詩形式之名定義爭取更多詩內容可以是在「告別傳統」或「創新傳統」或「斷裂傳統」繼續發展的語言創作空間。這個觀察背後所反映指涉的詩語言的美學革命性，並未充份被論述化與知識化。

因此，從所謂的「新」詩，到「現代派」宣言啟動的「現代」詩發展歷程，其脈絡提點出詩語言不再只是詩人再現世界的客體存在，而是詩語言從生活世界解放出來、而可自有存在的本體世界。這是現

代詩在形式的美學實踐過程，由詩人自身或詩觀或實踐所啟動的一種對「詩」的可能性理解或想像。詩人對現代詩的美學接受過程中，從形式所啟動的現代主義的美學想像，透過觀察各階段的論戰，追蹤其所在歷史時間演繹的從形式到內容的美學發展邏輯，首先最明顯的就是白話到現代漢語對語言認知所產生的革命遺痕。包括：「文學雜誌新詩論戰」所聚焦討論的白話新詩問題、「現代派論戰」所引發「橫」或「縱」本位的詩的現代發展。

第一節　「文學雜誌新詩論戰」中的白話新詩形式與實踐認知

　　梁文星在《文學雜誌》刊登〈現在的新詩〉之後，在文壇引發了一場規模較小的新詩討論。這場討論雖然規模不大，但觸及到二個重要的議題，幾乎可以說是為後來的「現代派論戰」暖身。這兩個重要議題包括：一、「詩」究竟是要以詩人為中心、抑或以讀者為中心；二、相較於古代，現代人寫現代詩應該如何表現「現代」？第一個議題涉及到詩的語言使用與價值判斷；第二個議題延伸中國五四白話文運動之後的白話詩的自由形式問題。

　　這兩個議題之所以重要，主要的原因在於：白話詩在大眾化與藝術化之間不同向度發展的過程中所引發的語言認知問題，究竟應該制約在生活語言或以約定俗成的語法創作詩？還是詩人可以致力開發以個人主觀為基礎的表現語言？這兩種不同的詩語創作觀，雖然可以帶來不同立場開發「新」或「現代」的創作可能性，但是，在發展過程中，也同樣容易引起不同價值立場的對立或質疑。例如，制約在生活語言或以約定俗成的語法或認知基礎來創作詩，雖然可以讓讀者容易了解詩人想要表達的詩意，但缺乏「藝術形式」如詩律格式的保障，

如何能與散文區隔開來，而達成「詩」的要求；然而，反向以論，詩人跳脫讀者對生活用語或約定俗成基礎的框架，選擇回歸自己主觀的感知結構或方式來表達客觀世界的秩序，其間所造成的不易理解，甚至不知所云，說明新詩所追求的「新」的詩的邏輯，到底是應該建立在客觀現象的因果基礎之上，抑或是可以讓詩人自己放任在個人主觀感知能力表現的次序世界？這兩個議題對於新詩作為一種「現代」的文學體裁，該如何定義或如何發展，在討論的背景上，雖然繼續延續中國五四白話文運動之後、古典詩與白話詩的舊與新的歷史發展脈絡，但是，以白話文的語言形式的「新」，對比於古典的「舊」詩，提點出以白話形式所追求的「現代人寫現代內容」，其實關乎於一種時間軸的理解意義。

　　在五四新文學時代，白話詩最大不同於「舊」詩而能為「新」的原因之一，在於白話詩打破舊詩的詩體本身所規定的標準藝術化的美學形式要求，要求不受限制的自然音律美感與節奏。梁文星在其〈現代的新詩〉也提到詩本身的美學形式的重要，不管是新詩或舊詩，都有形式本身賦予或帶給語言理解或想像的美學想像，並可有「意在言外」的詩韻與精神；舊詩的優點即在於「固定的形式」，詩人與讀者雙方都可以透過一種被認可的形式，任何語言進入這個形式，就會被保障成「詩」而不會是其他的文學體裁，也可輕易地透過這個固定形式的文學能力或素養判斷其優劣；現代詩人寫的詩因為沒有了詩人與讀者之間類似可共有互通的美學理解的框架（framework），因此，新詩在創作的自由反而更要注意詩形式與表現法的藝術性。他指出了一個極有先見、關於新詩發展的文學價值觀接受意識的發展觀點：「我們現在寫詩，不是個人娛樂的事，而是將來整個一個傳統的奠基石」[1]。

1　梁文星在文中也提到新詩不易馬上為當時讀者所接受的一個重要原因就是新詩的「美學規範」並未像舊詩一樣被建立，以致讀者與詩人之間並沒有共通的理解：

　　梁文星的先見指出了白話詩發展的藝術性要求,以及新詩應該接受何種的藝術性的理解框架,而從五四新詩以來,以致來到臺灣的五〇年代中期,都還沒有出現詩人與讀者可共同彼此接受或用以檢驗的美學框架。接續著梁文星對當時詩壇現象提出的新詩見解,周棄子則進一步從文學革命以來對新、舊詩的對立影響,以及「現代人寫現代的詩」的立場,提出「詩體」演變與「詩質」革新的問題。周棄子試圖從跳脫新、舊詩立場的中立態度,指出兩派對立的各自所有盲點,回到詩的抒情本質,議論詩體自身所需要的美學或藝術形式,已因現代人的生活與情感已經不同古人,而有需要變革的必要性,但是,不管是相對於文言文脈絡的「白話文」,或漸次受到西方影響之下的「語體文」,都因缺乏古典詩格律的「固定形式」而只能是「含有詩意的白話或語體」;然而,「現代的詩還是應該要有新的詩體與現代的內容」[2]。周棄子對詩的意見雖然傾向保守,但是,隱約之間也觸及「現代人寫現代的詩」有其「詩體」的必然革新的語言路線問題。

　　夏濟安則從五四以來白話文學的發展過程,客觀地檢討白話文在歐化影響之下的語言現象,也肯定白話文對不同語言系統或性質的接受彈性與廣度特質,因此,相當肯定白話文在新詩體裁的發展性,也對白話文的語言所開啟藝術形式的可能性,充滿了期待,包括文字混雜特質所創造的內容豐富性與口語的自然節奏,以及未來啟動圓熟發

　　「……我們要明白舊詩的立場和新詩是如何的不同。它(舊詩)擁有數目極廣,而程度極齊的讀者。他們對於詩的態度容有不同,而對於怎樣解釋一首詩的看法大致上總是一樣的。」梁文星:〈現代的新詩〉,《文學雜誌》第1卷第4期(1956年12月),頁20-21。

2　周棄子:〈說詩贅語〉《文學雜誌》第1卷第6期(1957年2月),頁4。周棄子又指出:「我們希望有成功的新的詩體出現,並不是為了革『舊』詩的命,而是因為現代的詩,應該有現代的內容。所謂的現代的內容,並不是在詩裡面嵌上幾個『新名詞』或『加進些西班牙』之類的伎倆所能有濟,而是要具體地、深刻地表(現)現代的生活和情感。」〈說詩贅語〉頁11。

展的時間與空間；甚至從中國古典的舊詩的參照角度，指出新詩應該對舊詩在字句與情感表現的定型與束縛，給予突破[3]。

夏濟安對新詩的看法無疑是積極正向的，但夏濟安的意見也反映出新詩、舊詩之間，對「甚麼才是詩」的理解與發展本身就存在著實踐的時間序上的差異。簡單來說，舊詩不管是在音律或語言的美感開發或經驗累積，都幾乎到了臻至圓熟的階段，可是，新詩正處於發展的起步點上，期待的是「徹底的新詩」，需要更多的「爭取文字的美」的創造，特別是詩的表現方式。夏濟安的意見進一步指出詩的藝術形式與語言本身所潛藏的可能表現之間的問題。這也是五四新文學以來，舊詩與新詩支持者各自持正、反意見所僵持不下的態度立場——舊詩支持者認為新詩不可能超越、也不可以打破中國古典詩歷經千年所締造的美學典律與藝術價值；但是，新詩支持者站在「革命」的角度，以為白話的自由書寫，反而能夠異軍突起，不必亦步亦趨追隨古典詩所創造出的美學典律。至於如何而可能，則涉及到白話文與文言文本身在系統化發展過程中所賴以形塑的理解框架（framework）。這也涉及到白話文為何較之文言文，更能跳脫或超越舊有框架，創造出更多的可能性。

白話文與文言文最大的不同，在於白話文是一種以口述語言為核心發展基礎的文字系統，而文言文則剛好相反，文言文一開始就是建立在文字本身的書寫中心為基礎。因此，不同於文言文一開始因書寫所採用的文字的空間化表述形式，白話本身的口語表現的功能性，使得白話在進入文字化的過程，即是將「當下」以溝通功能為主的白話

3　夏濟安同時也指出：「文字的混雜性不一定是詩的阻礙，有時候反而是給詩人的一種挑戰，使他克服困難，創造內容更豐富的作品。」夏濟安：〈白話文與新詩〉《文學雜誌》第2卷第1期（1957年3月），頁4-15；〈對於新詩的一點意見〉，《自由中國》第16卷第9期（1957年5月），頁300-301。

語言做立即文字化的處理。這使得白話文可以不斷涉納新的、尚在發生的、即時的口語表達，將之以「時間性表現本質」為主的語言，直接空間化為文字的書寫形式，逆轉文言文本身建立在文字書寫表達為目的的「空間性表現本質」基礎，而真正將漢語轉向以「在時間中進行」的傳達模式。

這說明：從文言文到白話文的改變，不只是從書寫語言到口語語言的轉化，書寫與口語背後所涉及語言自身被理解的表達向度，一開始即隱藏著從空間脈絡轉化為時間脈絡的大逆變，使得以白話文為基礎而發展的現代漢語系統，相較於書寫本位的文言文系統，基本上，乃潛藏著將使用者的語言意識從空間的理解形式置換到時間的理解形式。這使得白話文對思想與情感內容的承載，就是處於一種以時間流動為前提的狀態下，被語言的使用者所接收。然而，文言文則剛好相反，為了避免口語語言在溝通上的費時費力，書寫方式則利用文字的空間屬性，將所傳達之意更能精簡表述。

因此，語文一詞，在古代漢語使用其實納括語言與文字兩種不同屬性與向度發展的特質。從語言本身所被置處的理解形式而言，基本上是以時間為主，而文字則是以空間為主。以白話為發展基礎的語文系統，與以文言為發展基礎的語文系統，其所對現象感知物的掌握或描述的理解過程，也會影響使用者的語言意識處在一種從時間意識到空間、或從空間意識時間的不同結構的感知方式中。從時間感知空間的意識結構對現象的掌握或描述，基本上是取決於對時間的流動方式與速度的理解向度，包括流動方式的循環時間或線性時間，速度則以變化為本質，並具有方向性。而從空間感知時間的意識結構，則是會傾向「時移」的感知方式——即在固定的範圍或形式中，透過某物自身發生的不同現象感知時間在此範圍或形式所產生的變化現象，並透過這些變化意識到時間的變化。

　　不管是白話文或是文言文，基本上，只要是語文，都是由語言與文字兩種成分所組合，都有上述在語言與文字的表現屬性，但為何白話文是「新」、文言文是「舊」？新與舊的對立，則不只是兩者語言在歷史時間序上的後到與先來，還包括白話文在時間動態中掌握現象、立即將之文字化的特質與速度。所以，從發展的可能性來說，新詩較舊詩來說，的確有其結合「現在」的時間，而在發展上必然不斷歷經「現在的時間」的現實條件上，取得不斷繼續下去的「生存空間」。這也說明為何五四時代提倡新詩的支持者會一直攻擊舊詩「定型」的表現方式。然而，為何舊詩的支持者仍然可以宣稱新詩無法在藝術形式上取得超越古典詩的美學典律，而仍有新詩的支持者也同樣地並不全然否定？這個現象在嚴明的〈試談新詩形式上的問題〉也有類似的問題出現。嚴明指出一個矛盾的現象：新詩自五四之後開創的三十多年之中，雖然越來越被接受，但使人能夠完整記誦、真正好的新詩也不多。嚴明即是從詩的藝術形式的角度嘗試說明。

　　嚴明用了大量的古典詩歌案例，說明了詩以形式與音律上的規律條件保障了詩之所以是詩的前提，然而新詩本身以可打破古典詩的形式與音律規律為創作詩之認知規範，進而造成新詩與散文之間的界定或界限，開始模糊起來。這個現象會引發無法對新詩或散文進行既有文體本身認知形式的判別，也會朝向訴諸新詩與散文在內容風格的美學條件的差異性基礎。因此，詩的抒情性會較詩的敘事性更被強調起來。這個傾向進而又延伸出另一個問題：建立在敘事性與風格基礎的詩的藝術價值，真的優先於抒情性？在古典詩的歷史發展案例中，唐詩與宋詩所各自擁有的特色與風格，說明詩的抒情性與敘事性，並沒有兩者在比較價值或表現上的絕對優劣問題，而是端看詩人所優先接受或實踐的美學價值。也就是說，抒情性或敘事性的詩的比較，還是必須回到詩語言在形式與內容表現是如何實踐抒情美學或敘事美學的

基本問題。

　　然而，優先性問題所突顯出新詩的美學議題與價值導向，仍有相當值得關注並探討的地方。在詩的抒情美學表現與敘事美學表現上，新詩較之於古典詩，因為不再有受限於典律的美學形式的規範前提，詩語言的表達隨之被解放出來。這意謂新詩的創作本身，又回到可以不需要典律規範的詩的初源階段——不僅是詩人、還包括詩本身，都可以回到一種自由的狀態。因此，對於詩人與新詩自身而言，所打破的只是：以不必遵守典律的創作前提挑戰典律創作權威，並不是典律自身在長期歷史時間與詩作經驗中所累積的美學認知，所以，對於新詩的發展來說，新詩從典律創作權威解放出來後，不管是形式美學，或是內容美學的抒情性與敘事性，有沒有可能在時間發展歷程中不斷累進，進而又生成如同古典詩的美學「典律」？進一步來說，古典詩的發展經驗讓我們看到詩的美學建立，是從自然的音韻自由朝向典律建立的發展過程，但是，新詩作為一種以現在的白話文（即現代漢語）為詩語言形式使用前提的文體，甚麼才是白話文可能可以達成的美學表現與創造價值？而白話文真的有可能在自身的條件與進入「現代」歷史進程的前提之下，如同古典詩般地生成典律？其實有其白話文在語文發展條件與前提的本質性問題。

　　「文學雜誌新詩論戰」規模雖小，但參與討論的文章，都不約而同提點到中國五四新詩在被接受之後繼續發展、所必須回應「舊詩」所達成的美學成就，並且隱約折射一個相當重要的問題：以白話文為語言形式基礎所開展的新詩，相較於舊詩，新詩如何能夠自證自身其定義為「新」的價值？白話文的「新」詩，除了「白話文」的語言形式之外，其形成詩之後可能發展的「新」的邏輯又是甚麼？中國五四新詩繼續在臺灣五〇年代延展後續未完的討論，對於臺灣六〇年代之後所形成的現代詩運動之所以如此重要，即在於新詩發展的過程中不

僅僅有陳千武從詩人主體的歷史角度所看到的兩個球根問題，還有在
詩論戰中呼之欲出、並以詩語言實踐所展現的「革命」視角——新詩
進入「現代時間意識」之後，所曝露出詩的詩人主體與語言自身本體
的現代性的美學問題。這是新詩以「現代詩」命名之後的語言革命。
文學雜誌新詩論戰的文章都在各自的看見上，進行理性的交換意見。
但是，真正能打破中國五四脈絡討論框架與舊有格局的重要事件，則
必至紀弦號召詩人盟友所組成的現代派。現代派的成立與宣言，啟動
新詩以現代之名為新的美學革命路程。

第二節　「現代」詩與「現代派論戰」的詩革命

　　新詩得以「現代詩」命名的關鍵論戰事件，開始於紀弦發起的現
代派宣告成立。正如紀弦所強調的，「為了達到新詩的現代化這一目
的，完成新詩的再革命這一任務」；現代派是一個以支持文學信念而
存在的「詩派」。為了能爭取更多的支持改革者，紀弦以〈「現代派信
條」釋義〉說明[4]。

　　在〈「現代派信條」釋義〉中，可以清楚看到「現代派」的改
革，已經跳脫五四以降新詩以白話文形式解放古典詩典律的自由發展
目的，而朝向更具有「詩何以能為新」的自覺意識去提升新詩。對於
紀弦主導的現代派而言，完成詩的「現代」形式才是真正新詩革命的
目的所在。根據信條釋義內容，達成詩的「現代」形式可以有以下五

4　現代派的六個信條：第一條：我們是有所揚棄並發揚光大地包容了自波特萊爾以降
　　一切新興詩派之精神與要素的現代派之一羣……；第二條：我們認為新詩乃是橫的
　　移植，而非縱的繼承。……；第三條：詩的新大陸之探險，詩的處女地之開拓。新
　　的內容之表現，新的形式之創造，新的工具之發見，新的手法之發明。……；第四
　　條：知性之強調。……；第五條：追求詩的純粹性。……；第六條：愛國。反
　　共。……紀弦：〈現代派信條釋義〉《現代派》第13期（1956年2月），頁4。

個途徑：一、對西方世界新詩所揚棄又有所發揚的「現代主義」；
二、新詩是橫的移植，而非縱的繼承；三、各種可能之創新（新的內
容之表現、新的形式之創造、新的工具之發見、新的手法之發明）；
四、知性、反浪漫主義的；五、追求詩的純粹性。

　　從「現代派」的改革宣言對新詩之「新」的宣稱來看，相較於
「文學雜誌新詩論戰」仍停留於「傳統古典─白話新詩」脈絡的交鋒
意見，大抵提出了三個很重要的提升模式：一、詩的新不再只是詩體
的形式，而是宣稱帶有「現代主義」性質的「新」；二、以反浪漫主
義為前提的知性理解與語言表達；三、詩的純粹性。紀弦的信條釋義
引發了一場大規模的論戰，參與者紛紛對新詩、對新詩的現代化或再
革命提出意見交流。其中，紀弦與覃子豪之間的論爭、林亨泰的現代
派詮釋，對彼此詩論或提問、或疏導、或反駁、或延伸討論，所形成
的三個向度的觀點，包括：新詩進入「現代主義的時間意識」之後的
質化發展、新詩在古典傳統歷史視域中的現代詮釋，以及新詩語言的
空間視覺化的前衛性。林亨泰的討論意見雖然在這場論爭中，並未形
成太大的回應，但是，就詩語言形式的表現而言，以詩形寓以詩意，
開發詩本身的視覺藝術的現代主義美學思維，相當具有前衛性。

　　另一個觀察向度則是從詩的「本質」表現來說，紀弦與覃子豪之
間「橫的移植」、「縱的繼承」的論爭，可以看到兩人不同的新詩現代
化的想像立場的不同。紀弦延續中國五四運動以來對於傳統的反動精
神，力主新詩必須再革命，覃子豪也同意新詩需要現代化的革命，卻
未必要拋棄傳統。雖然兩人之間的論爭不斷，但基本上，兩人的立場
都同意新詩需要現代革命，並朝向自由化的運動方向行進，所不同的
只是未來回應朝向詩本體或是以詩人為主體的本質化訴求。這兩種不
同的立場，將決定新詩語言表現的意識向度發展，以及詩語言表現以
何種本位型態進行現代開發。

　　就紀弦角度來說，紀弦所期待的現代主義與新現代主義，對新詩創作實踐產生的影響，並不能只侷限在現代主義或新現代主義流派在語言表現上所嘗試的藝術創新技巧，而必須再回到這些語言實驗與藝術創新過程中詩人與詩語言之間的形成關係；因此，對於覃子豪的反對立場，也不只能單純地從保守的文化民族主義或古典傳統價值論斷，而是要從他們詩論訴求對詩語言表現開發立場背後的詩人與詩語言的世界觀，是如何影響他們實踐新詩的現代想像。

　　覃子豪在〈新詩向何處去？〉中，明白指出中國新詩對於西洋詩的接受，不是西洋詩在不同發展時期的創作觀，或是一味地照單全收，而是必須保留中國的民族本位，然後借鏡於西洋詩的「表現技巧」；因為西洋詩在不同時期產生的某個主義的創作觀，都有其特定的時空背景，中國新詩要能反映中國新時代的真實聲音，因此，詩人本身如何從民族本位認知新詩實踐的創作意識，才是決定新詩發展的關鍵。覃子豪的理由如下：

> 中國新詩自五四運動以來，否定了舊詩詞，而新詩尚不能獨自生長，不得不依賴外來的影響，在西洋詩去學習方法。英國浪漫派的昂揚，法國象徵派的含蓄，英國的格律詩和美國的自由詩的技巧，均曾經過中國詩人的實驗。……而中國新詩之向西洋失去攝取營養，乃為表現技巧之借鏡，非抄襲其整個的創作觀，亦非追隨其蹤跡。……而是中國新時代的聲音，真實的聲音[5]。

5　覃子豪：〈新詩何處去？〉，收錄於《現代詩導論（理論·史料篇）》（臺北市：故鄉出版社，1979年），頁2。

5　紀弦：〈從現代主義到新現代主義——對於覃子豪先生〈新詩向何處去？〉一文之答覆〉，頁2、7。「覃子豪對現代主義的批評本身也有其誤解西方現代主義對工業文明對人的主體的反動」。

　　對於覃子豪而言，詩人的民族本位與其所反映的時代聲音，才是詩的現代化前提。因此，詩人如何在民族本位的前提下實踐詩的現代化，才是真正關鍵。這個立場可以看到覃子豪以對應的「詩人與其所屬的特定民族歷史情境／脈絡」的思維框架，而不是詩人認可的「詩自身所持守宣告現代之名的藝術觀」的思維框架。「詩人與其所屬的特定民族歷史情境／脈絡」與「詩自身所持守宣告現代之名的藝術觀點」的思維框架，分別反映了「詩人本位」與「詩本位」截然不同的創作藝術觀點。而這兩種截然不同的創作立場，又反映出從「詩人之自身」與「詩之自身」的意識與認知態度，以及各自在其本位所導向的詩人、詩語言、詩的理解關係敘述。

　　就一首詩的完成現象來說，包含了詩人、語言、詩三個基本的存在條件。由於詩人或詩本位的不同理解出發，會延伸出不同理解向度的詩的存有與其語言世界觀的詮釋問題。如果以詩人本位的理解立場而言，詩人使用語言表述他所想要表述的對象，而創作了詩；語言被詩人所驅動，詩人是詩的創作意識主體，詩的內容則是詩人意識世界現象所展現的情感、意志的延伸，因此，詩語言的特質會因承載詩人主體的情感、意志而傾向抒情的表現。然而，當詩人的情感意志退位，以理性驅動語言、完成一首詩的時候，詩人與詩語言之間形成一種彼此都是客觀存在的對應關係；詩人完成一首詩的過程，詩語言成為詩人意識的暫存居所，對詩人而言，詩的內容是詩人的當下存在表現，但對於詩而言，當詩語言完成了一首詩，詩人透過語言將自己對世界現象的意識「禁錮」在這首詩中；詩語言既不屬於詩人，也不依附詩人，當詩人完成一首詩，詩語言卻因為詩人意識暫居而在詩的形式中獲得了一種獨立完整世界的存在現象；詩人對於追求「詩自身」的創作自覺性，召喚出詩人對於「詩的存有」的現象與意識方式。

　　紀弦要求主知與回到詩自身的現代派精神，雖然並不一定在詩的

藝術創作能完全體現，但論理中對於反抒情的現代主義與意識創作，其實悄悄啟動詩語言可獨立於詩人主體的本體存有現象，以及帶有實踐認知的合理性；而詩作為詩人自我暫時居所，既不是詩人主體對世界現象的投射與延伸，也不依附在詩人主體存有。詩語言因詩之形式而擁有屬於其自身的本體存在空間。

不同於紀弦不斷要求回到「詩自身」的意識與認知態度[6]，「詩人自身」才是覃子豪創作新詩的意識之所向之處。在〈新詩向何處去？〉一文中，他提出「詩底再認識」、「創作態度應重新考慮」、「重視實質及表現的完美」、「尋求詩的思想根源」、「從準確中求新的表現」、「風格是自我創造的完成」等六個原則。覃子豪的原則論述指出：詩人對詩的再認識是詩人對人生的注視與境界意義的開發，而不是只是接受西方現代主義的藝術技巧表現；詩人對創作態度的重新考慮是以詩的完成，邀請讀者進入或分享他的心靈聖境，而不是致力讓詩變得難懂；但是，詩的藝術也不容小覷，詩要重視一種「詩質純淨，豐盈，而具有真實性，並有作者之主旨存在」的實質表現；而詩的實質表現即來自詩人對人生理解的現實生活體驗所尋求的新思想；尋求新思想亦要有語言的準確表達，才能達臻馬拉美對「……一個物象逐漸喚起之心靈狀態」的準確捕捉；最後則是要以民族的獨特風格完成詩的自我創造[7]。

這六個原則與實踐可以看到覃子豪是以詩人為中心的意識與方法去完成一首詩的創造。以詩人為創作詩的中心，意謂詩人自身才是完成一首詩最重要的實踐主體。而以詩人為主體的創造過程，語言作為

6　紀弦：〈從現代主義到新現代主義──對於覃子豪先生〈新詩向何處去？〉一文之答覆〉《現代詩》第19期（1957年8月），頁1-2。

7　覃子豪：〈新詩何處去？〉，收錄於《現代詩導論（理論・史料篇）》（臺北市：故鄉出版社，1979年），頁5-11。

一種客觀中介物，由詩人所驅動，負責傳達、承載詩人在其時空結構之中的情感、意念與思想等等。由此觀之，詩的完成包含詩人主體與語言客體兩個部分，詩人藉由駕馭語言、表現語言來展現自我；詩人的自我不僅僅主導了詩的存在，也形成了詩語言背後的世界觀。因此，創作一首詩對詩人來說，同時也是表述詩人在空間的自我存在與在時間的自我存有；而從詩的完成角度來說，詩語言的世界觀是詩人自我意識的藝術完成與表現；語言對詩人來說，是一種載體，也是一個客體存在。所以，對於覃子豪來說，新詩的現代化的重點，在於「詩人」如何表現詩，而不太留意「詩語言」如何表現其自身的創作意識問題。紀弦認為，覃子豪這種抒情式、完全以詩人為創作詩語言的中心主體論，正是「離開了『詩本身』」，進而對覃子豪的六個原則，提出以現代主義創造新詩的再革命的批判與挑戰。

　　紀弦在〈從現代主義到新現代主義——對於覃子豪先生〈新詩向何處去？〉一文之答覆〉中，強烈指出「只有採取了新的表現手法的自由詩才是真正的新詩」，因此，對新詩的再革命是關乎方法論——如何表現？採取甚麼手法？要怎樣寫才能把詩寫得更好、更新、更有效果、更成為其藝術等問題；而現代派對現代主義的接受在於現代主義的知性精神，以及知性精神對詩本身創造所開啟的意識與方法。紀弦很明確指出：

> 我們的本質論是：詩的本質不是散文所能表現的「詩情」而是散文不能表現的「詩想」。我們的形式論是：基於內容決定形式之大原則而以「自由詩」代「定型詩」；以「散文」之新工具代「韻文」之舊工具。我們的方法論是：幾何學的表現手法之作廢；代數學的表現手法之揚棄；物理學的和相對論的表現

　　手法之實驗。[8]

　　以上可以看到紀弦對於詩質的理性書寫要求與反抒情的主知傾向，以及利用物理學原理與相對論詮釋的思想方式取代數學的純空間形式的表達訴求，顯示出紀弦設想結合物理學思維取代古典數學的詩想革命與創新表現，也顯示出紀弦對於「詩本身」如何把握與創造現代的思維方式不是邏輯的排列與表達，而是關乎原理的發現與敘述。這個觀點顯示紀弦對於詩的現代化的方法論，開始注意到詩人感性退位之後，對詩語言的科學化的可能性。詩語言的科學化，意謂詩人創作詩的時候，在主體意識上自覺並主動地排除個人主觀情感，而轉向以純理性的主體意識探究世界，表述現象與其「物之理」。

　　雖然，紀弦與覃子豪在論戰的你來我往中，始終集中在對於西方現代主義的接受或反對的立場上，但是，從兩人要求新詩創作所各自堅持主知或抒情的詩創作主體意識來看，可以看到兩人對於新詩的現代化路線之爭，不只是橫的移植或縱的繼承的主張不同，而關乎兩者對各自主張所啟動不同向度的「現代」想像，以及到底甚麼才是新詩或自由詩的「現代」定義與典範的接受？紀弦與覃子豪的對立與之後現代派與藍星詩社所達成的「中國」民族本位共識，還有洛夫在創世紀與「笠」詩社詩人訴諸臺灣本土認同所走的反動路線，除了如陳千武所言的兩個球根的詩史發展現象的詮釋路線外，五○、六○年代現代詩論戰為新詩取得「現代」之名的「現代詩」定位，在論戰中所涉及從西方現代主義或浪漫主義所接受的創作意識與表現技巧，以及各自所啟發的「現代」想像方式，都與西方現代主義與浪漫主義立場所

8　紀弦：〈從現代主義到新現代主義——對於覃子豪先生〈新詩向何處去？〉一文之答覆〉，頁7。

各自涉及的語言世界觀，以及詩人們各自透過**翻譯**詩論與詩作的理解有關。

再回到覃子豪的論點上，覃子豪之所以反對新詩的現代主義化，最大的原因在於中國新詩自身的中國本位，以及中國有其自身發展現代化的過程，然而他也試圖解釋新詩在中國五四運動以來，因未獲得獨立生長空間而不得不從西洋詩學習方法，包括從英德浪漫派的昂揚、法國象徵派的含蓄、英國的格律詩、美國自由詩的技巧等等；因此，詩人對詩的傾向與主張的正確性，才是導正新詩發展的重點，而詩人在出發點上選擇主動創造、或選擇被動移植，也會因目標不同，形成不同的距離[9]。

紀弦與覃子豪在「現代派詩論戰」各自陳述的立場，以及之後現代詩運動中接續引發的「象徵派論戰」、「新詩閒話論戰」與「天狼星論戰」，可以看到從白話詩、到新詩、到自由詩、到現代詩等命名與其各自延伸論爭的脈絡中，都有其詩人在各自理解的詩觀中，各自指向發展「如何現代？怎樣現代？」的問題意識。這些指向又潛藏著怎樣或異或同的「現代」世界觀，對於六〇年代的現代詩運動，又具有甚麼樣完成與未完成的指標與意義？

第三節　「新」或「自由」或「現代」之間的詩的「現代」世界觀

紀弦的「現代派」宣言正式公告啟動之後，覃子豪也從中國的現

9　覃子豪：〈新詩向何處去？〉，頁2-4。覃子豪對於中國詩壇的現象，認為：「大異是對詩的傾向與主張，有顯著的不同，那就是一個是主動的，一個是被動的移植……現代主義在世界詩壇已不能繼續發展，證明了中國的現代主義亦趨沒落。……」，頁5。

實感與詩人自身對現代人的真實感受，回擊紀弦的現代主義宣告。兩者雖然都同樣肯定新詩發展至自由形式所賦予的時代性，但是在詩質內容的認知上，覃子豪與「藍星」詩人的抒情立場，以及紀弦「現代派」的主知立場，都有其對於傳統的詩情與反浪漫主義立場詩想的各自訴求。兩者之間的對立，顯示兩派對於建立新詩傳統的「現代」發展，有其「縱的繼承」與「橫的移植」的路線之爭[10]。「縱的繼承」與「橫的移植」可以說是現代派論戰中，對於新詩發展所提出的現代工程的總體方法論，但是，這兩種總體方法論，又是以怎樣的思維框架影響新詩的現代化與現代性實踐？抒情的自由詩與現代主義化自由詩的現代詩路線之爭，又各自反映了怎麼的現代向度與思維架構？

從雙方所提出的論理來說，紀弦提出的橫的移植，是試圖透過現代主義化實踐新詩的再革命與現代化，但紀弦所強調的從現代主義到新現代主義的現代主義化，在摸索的過程中，其實，也不完全如「現代派信條」所宣告的「新詩乃是橫的移植，而非縱的繼承」那樣的絕

---

10 陳千武的兩個球根說的詮釋理論，很清楚反映臺灣的現代詩運動並不是起自外省籍詩人為主的五〇年代至六〇年代的論戰，而是必須追溯到日治時期風車詩社與銀鈴詩社；但如果從新詩的接受角度來說，兩個球根說又忽略掉一九二〇年代受到中國五四白話文運動所啟發的臺灣新文學運動中的白話文詩歌創作。再來，從現代詩本身的「現代」概念來說，日治時期「風車」詩社與「銀鈴」詩社在接受與創作的過程，一開始就是從日文書寫的「現代詩」形式與內容一併進入，沒有所謂民族本位上對於「橫的移植」或「縱的繼承」的爭執問題；但臺灣新文學運動中的新詩，在新舊文學之爭的脈絡中，以白話文的新詩體解放古典詩的格律形式，如何重新建構臺灣新詩與現代詩系譜？如果從詩語言的形式與內容來說，似乎可以觀察到以白話文作為現代漢語形式的新詩發展階段，是以白話文的自由化形式解放詩的格律限制，新詩作為現代詩的發展相對於就取得「現代」之實。這是從白話文挑戰傳統而啟動的「新」文學。反觀臺灣五〇、六〇年代的現代詩運動的論戰，民族本位的自我建構與認同，卻成為一種進入現代思想工程的框架思維，以致影響詩人開發新詩的現代可能性的同時，也順勢延續中國五四新文化運動以來、是或否全盤接受西方文化的侷限二元對立關係。

對。主要原因在於，紀弦對現代主義的認知仍有其本位立場上的「有所揚棄並發揚光大」；而覃子豪雖然贊成新詩要走自我風格的路，但要求的也不是絕對的個體性，而是足以能代表民族時代精神的個性。雙方在民族認同立場上的保留與對新詩的自由形式的共識，可以看到紀弦與覃子豪之間的筆戰，一位是主張橫的移植仍未放棄縱的繼承立場，一位是在縱的繼承上仍有選擇性的橫的移植。因此，橫的移植與縱的繼承各自作為新詩的現代工程的總體方法論，回到雙方的論爭脈絡，究竟對現代詩的正名，產生甚麼樣的意義？

回到文學雜誌新詩論戰的脈絡，可以看到新詩與舊詩傳統之爭，很重要的一個爭執觀點就是以白話文為現代形式的白話詩，在接受了西洋詩的影響之後，開啟了以現代漢語為基礎的新詩發展現象。這個擴大性的轉變使得白話詩在表現上，有了截然不同於古典詩援引白話表意而使得老嫗能懂的大眾化傳統，進而產生陌生化的作用；但是，新詩在接受西洋詩的影響、開始產生的文人化效果，也讓多數傳統文人無法接受。

為何新詩會受到如此強烈的質疑或反彈？因為打破傳統、進而尋求新的可能性的文體發展案例，並不限於新詩，但為何新詩不管是在中國五四新文學時期、或是臺灣新文學時期、或是戰後臺灣的五〇、六〇年代，都同樣受到古典文學支持者的強烈反對？除了文人之間爭奪文學詮釋與領導的主控權之外，新詩在「橫的移植」或「縱的繼承」的現代工程的方法論基礎上，其所發展的「新」，以及彼此之間對立現象的真正挑戰，到底指向甚麼？

從古典文學史的詩、詞、曲的發展來看，詩、詞、曲之間的典範形成與文體更迭，大抵歷經民間興起，在歷史時間中經過自然演化與文人深化兩種發展型態，形成典範後，仍保有各自文體傳統的發展空間；從文體的時代更迭現象來看，時代更迭的代表文體雖然也有後者

作為反動前者的新興反動關係存在，如被視為詩餘的詞，即以通俗易懂的語言與更傾向音樂表達的流通性，漸漸被詩人用以表述詩的公共領域之外的私人情感，而再經過文人精緻化而形成婉約派的詞傳統，以及將詞納入詩傳統的表現方式的豪放派，進而共同都被納入詞的傳統中，但詞的傳統形成，並不會影響詩的傳統。也就是說，詞之於詩的興起、反動與形成典範，基本上彼此之間仍維持一種平衡的演化關係，而不具有線性時間上後者取代前者的緊張關係，也不因此產生排擠效應。從這個觀點來看，新詩的歷史發展如果選擇了「縱的繼承」作為建立新詩現代工程的總體方法，並以此作為發展為新詩傳統的形成基礎，會造成如何的新詩的世界觀？這樣的世界觀相較於現代主義化的新詩世界觀，又會有甚麼樣的不同？

　　紀弦在〈「現代派信條」釋義〉的第一條指出：「我們是有所揚棄並發揚光大地包容了自波特萊爾以降一切新興詩派之精神與要素的現代派之一羣。……世界新詩之出發點乃是法國的波特萊爾。象徵派導源於波氏。其後一切新興詩派無不直接間接蒙受象徵派的影響。這些新興詩派，包括十九世紀的象徵派、二十世紀的後期象徵派、立體派、達達派、超現實派、新感覺派、美國的意象派，以及今日歐美各國的純粹詩運動。總稱為『現代主義』。我們有所揚棄的是它那病的、世紀末的傾向，而其健康的、進步的、向上的部分則為我們所企圖發揚光大的。」紀弦的現代主義宣言顯示了現代派對移植西方現代主義新興詩派的選擇性接受態度，其中「健康的、進步的、向上」的選擇判斷，反映了五○年代自由中國在反共文藝主流之外、另一個向民間大眾輸出的純文藝價值觀[11]，也直接排擠法國波特萊爾針對「惡

---

11 陳康芬：〈健康寫實──中國文藝協會社群與戰後臺灣「純文藝」的大眾文藝價值觀形塑〉，收錄於《文協60年實錄1950-2010》（臺北市：中國文藝協會，2010年5月），頁132-139。

之美」所啟動、逆向古典美學的現代美學向度與個體性精神。「惡之美」的象徵與藝術性的開發，否定西方古典藝術善即美，以及透過特殊、個別事物表現普遍性與必然性的本質認知方式，將藝術本質回歸至創作者之自身與對象自身的個體性，並以個體性的角度啟動對美之自身存在的自由探求可能。

因此，波特萊爾所開啟的很重要的現代主義精神，就是直接宣告對美的認知並不能侷限在善、真實、均衡、永恆……等概念，美也可以存在於惡、醜之中。當波特萊爾以《惡之華》創造出一種忠於他自身感官與藝術精神的墮落、頹廢的美本質，也突顯出西方現代主義美學不再依循古典藝術對於典型化實踐的創作原則，以及放棄古典美學對統一特殊與普遍、客觀外在現象與主觀內在本質、情節在內容與形式、理想與感性等的必要途徑[12]。現代主義將個體回歸於自身的藝術現象創作實踐與藝術本質思維方式，也是在古典美學的對立面上宣告：特殊與普遍、客觀外在現象與主觀內在本質、情節在內容與形式、理想與感性的不必然統一，以及彼此之間所存在的斷裂本質。現代主義對美的藝術本質的重新提問與個體性的定義方式，從相對於古典美學的均衡、統一的世界觀來說，現代主義美學所開啟的是不均衡、斷裂的觀看與理解世界的視角。

所以，從波特萊爾所啟動的現代主義的前衛性，可以很清楚看到紀弦「現代派」對「橫的移植」的接受，雖然還停留在信條宣言的階段，但逆向不接受「那病的、世紀末的」的詩的藝術表現與精神，顯示紀弦所要求的「現代」想像，完全不同於波特萊爾在反西方古典傳統脈絡之下、所啟動的個體當下心理現象即本質的「現代性」存在理

---

12 在美學領域裡，鮑姆嘉通就首先指出：「個別事物是完全確定的，所以個別事物的觀念（意象）最能見出詩的性質。」這句話標示哲學風氣的轉變。夏志清：〈導言〉，收錄在朱光潛：《西方美學的源頭》（臺北市：金楓出版社，1991年5月），頁52。

解，而是相對於中國古典詩與五四白話詩傳統中，企圖從西方現代詩前衛精神總的提倡立場，要求反對新詩邊緣化的藝術自主與自由權力。紀弦與當代詩人都在其自身傳統的基礎上，以個人所能理解的方式想像新詩之「新」，試圖輸出或轉化個人對詩的實驗實踐。奚密在〈邊緣，前衛，超現實：對臺灣五、六十年代現代主義的反思〉一文就曾指出：

> 現代中國詩的前衛性在於它的動力源自詩人對文學傳統的幾乎全面放棄，以及對「新」或「現代」的自覺與提倡。在精神上，早期現代詩是「新文藝」的先鋒，強調新社會、新時代、新經驗的表現。⋯⋯所謂的「新詩」正是對舊詩傳統的挑戰。⋯⋯新詩的前衛性不僅在於語言與形式的革新，也來自詩的本質與內涵的探討。[13]

　　不同於西方現代主義對美本質重新定義的前衛性，臺灣五○、六○年代的現代中國詩所追求的前衛性，都起始於對五四新詩傳統的檢討與反動基礎上，即使是以橫的移植進行新詩再革命的紀弦的現代派宣言，都很難不被限制在西方現代詩對詩語言表現的形式與風格的接受層面，並在此基礎上進行詩的本質與內涵的檢討。這個限制使得臺灣五○、六○年代的現代中國詩在銜接五四新詩傳統之後的「現代」發展，並未能真正觸及到西方的現代性問題，而是從延續五四的自由精神，進行新詩在「發展傳統」的定義爭奪權。在橫的移植或縱的繼承之下所要求新詩傳統走抒情或主知的各異立場，顯示出從西方本位

---

13 奚密：〈邊緣，前衛，超現實：對臺灣五、六十年代現代主義的反思〉，收錄於《臺灣現代詩史論──臺灣現代詩史研討會實錄》（臺北市：文訊雜誌社，1996年3月），頁248-249。

理解現代、或以中國本位發展現代的不同意識立場。這兩種不同的意識立場決定詩人對詩本質的進路探討究竟是主知或抒情，不只成為臺灣五〇、六〇年代對現代詩的詩質探討的特殊意識發展脈絡，也反映出「新詩」、「自由詩」、「現代詩」不同定義與脈絡之下詩人與詩之間的存有關係。

　　從五四的白話詩到新詩、再到臺灣五〇、六〇年代現代詩運動中論者以新詩、自由詩、現代詩等不同詞彙的使用，顯示五四時期以白話的自由形式的可能性發展路徑與想像方式，進而可以延展為「新詩」、「自由詩」、「現代詩」等不同的指稱脈絡，並各自折射出論者對新詩應該「如何現代」的想像發展藍圖。這個現象顯示白話的語言形式的詩，在詩人各自想像藍圖中進入「現代」時間的多元發展選擇與未來歷史發展的可能性。除說明論爭者在各自立場發言所投射的線性時間與非線性時間共存的「複聲」文學現象之外，以現代主義宣告現代派所臨在的「現代詩」之名（以應正名為現代主義詩）、延續五四時期新詩之爭的「舊與新」歷史脈絡的「新詩」、以自由修正新詩後發展立場的「自由詩」[14]、以致現代派論戰取得普遍宣稱之名後的路線之爭的「現代詩」，指出白話詩在不同脈絡進路之下所爭取的典範性質。

　　而在這些不同進路所發展的認知脈絡中，現代派論戰為現代詩所取得的想像現代發展的典範性，除了肯定「現代詩」的宣稱名謂，為何紀弦要求橫的移植而來的主知立場、或覃子豪回應縱的繼承所堅持的抒情立場，會成為理解五四新詩進入臺灣五〇、六〇年代之後發展

---

14 楊牧指出《現代詩》「第七年春季號」由黃荷生接任紀弦主編一職，至此，以紀弦為象徵的「現代詩社」和「現代派」到此已經結束。從此以後，紀弦開始更絃易張，提倡自由詩，久而久之，並宣稱要「取消」現代詩。楊牧：〈關於紀弦的現代詩社與現代派〉收錄於《現代詩導讀（理論史料篇）》（臺北市：故鄉出版社，1979年11月），頁385。

現代想像的關鍵論述事件？甚至影響「民族」本位的書寫典範成為後續新詩進入現代建國工程的共識與發言立場，進而延宕、排擠西方現代主義運動中最具革命性的典範——空間意識取代時間意識的書寫可能性[15]。這個觀察涉及了詩人主體的主知或抒情立場對詩質所產生的歧異性發展，以及彼此歧異性發展所影響的詩的世界觀認知。

雖然，紀弦的現代派宣言相當靠近西方現代藝術以形式理性為中心的創作意識，但是對於現代主義既表現、又抗議西方文明極端發展的前衛精神，仍未有關鍵的著力點。其中，紀弦以主知立場轉向宣告新詩的再進化，並以此作為「現代派」對新詩的「現代」方法，其所產生的「主知」的現代視角，為何對浪漫主義充滿排斥？這對於白話新詩將帶來甚麼樣可能的藝術實踐想像？相較於覃子豪延續中國民族本位而來的「抒情」的現代視角，對於詩本質的認知，又與覃子豪從「中國」本位立場重新釐清現代新詩的特質與接受民族立場的現代化立場，會產生何種不同的理解向度的詩的世界觀？

上述這些問題影響白話新詩的現代工程應該從詩語言的理性形式與結構啟動詩的自身革命？還是從民族個體的主體脈絡的文化內容與風格探入現代精神的可能性？兩者詩論進而提點新詩究竟要從主知立場開啟詩語言自身表現的自由可能性，或者是從抒情立場對貫徹民族或個體的主體脈絡的自由表現語言與風格。這兩種不同的創作意識進路，除了可以看到現代派論戰階段中新詩可能發展出的自由表現或自由精神，究竟該直接接軌西方現代？還是可能從傳統發展出自己的現代？這對詩本身和所啟動的藝術自主原則會產生甚麼樣的影響？又引發甚麼樣的詩美學意識？

---

15 林亨泰的符號詩與相關詩論在當時論戰所具有的前衛性意義，始終未被嚴肅正視，也未被討論，可以看到「現代派」對「橫的移植」的宣言與對西方現代主義運動的認知，都還停留在口號階段。

　　從歷史意識來說，這階段的詩論之爭是橫的移植或縱的繼承，仍受到中國五四啟蒙時期以來文學是否納入現代民族國家的文化改造工程的影響，不同於當時文人對「為人生而文學」的文學再現人生、亦或「為藝術而藝術」的藝術中心的目的爭論，以及各自選擇現實主義或浪漫主義的文學價值與發展導向；臺灣五〇、六〇年代詩人之於詩的完成應該主導以理性的主知或感性的抒情，漸次揭示詩人自身如何理解與發展詩作的二元對立的主體思維。因此，主知與抒情立場之於現代詩或新詩，除在歷史發展脈絡之下，除不可避免地以取得現代民族國家的進步文化工程之一環來取得主流文學的發言權，主知與抒情立場也涉及到詩的藝術自主原則應該以如何典範建立的問題。

　　這個問題可以從詩的表現之於人的自由所啟發的美學世界觀得到理解，而這個理解的進路可以從西方十八世紀以來的啟蒙運動與形成的思潮抗衡現象，得到對比性的說明，並進而可以觀照立場，描繪出臺灣六〇年代現代派論戰所接受的現代主義的特殊性，以及投射出以人或以詩為創作核心之後所主導的美學表現世界觀。這個探討進路的理由在於詩人與詩之間的關聯性，以及兩者之間所可能存在的形上關係與其所對應形成的現象。

　　首先，可以追溯西方現代主義之先影響西方現代文學觀念發展的重要趨勢與其反動，以及重要趨勢與其反動對「人」的主體性的理解與認知，才能清楚對照出臺灣六〇年代初紀弦通過現代派論戰要求現代主義文學的特殊性，以致可以看清楚為何之後七〇年代、八〇年代、九〇年代的現代詩論戰始終都糾纏於五四啟蒙文學的思維價值之中。此外，現代主義在現代詩所取得的典範效應，為什麼始終未能取得真正的勝利？臺灣現代詩對於「如何現代？怎麼現代！」的美學挑戰為何仍然會持續進行。因此，我們可以試圖從西方現代主義的發展系譜，勾勒出西方的現代性發展與啟蒙運動思想主流的興起、反動之

間的密切關聯,以及特別通過文學思潮,對作品產生的深遠的影響,再回過頭來檢視紀弦現代派與藍星詩派的主張,以及這兩個詩派繼續發展後卻有類似相容互滲的創作傾向。

基本而言,西方的現代化與現代性發展與其經歷的機械文明技術、人的主體價值覺醒、社會制度翻轉等歷史重大轉向有關,幾個重要事件與相關影響包括:工業革命與其帶來現代城市的群聚與生活型態、啟蒙運動與其脫離宗教(基督)神學而來的各種新思維與獨立知識論域、法國大革命與其改變君主專制後導向的共和政體制度。西方的現代化與現代性在歷史所產生的斷裂性,都與結束中世紀的神權中心導向、走向標榜知識理性價值與「大寫的人」(即「I」)的主體認知,以及這些改變其所對應中世紀傳統與其自身的斷裂有緊密關聯。現代主義則是其中回應這些巨變的一個重要思潮與現象,時間從一八九〇到一九五〇年間,後才漸次消退。現代主義一方面延續西方近代自啟蒙運動以來對人的理性認知傳統,但另一方面又引入更極端的非人化的理性結構作為抗議形式與精神。現代主義可以說是西方啟蒙運動主流思維對於人的主體認知發展的一種異化現象[16]。

從啟蒙運動的主流觀點來說,人不再是中世紀以來普遍接受擁有上帝榮光形象的受造者,而是可以自覺擁有自身理性存在的主體、也可以是被客觀化的科學分析與對象的客體,因此,發展出的人的概念是分析與結構性的人學思維——人可以被理解為機能性的理性與感性、本質性的靈魂與感官性的肉體⋯⋯等不同要素所組合出來的一個

---

16 彼得・蓋伊以異端的誘惑形容現代主義的精神特質,但是他也指出西方現代主義在各高級文化領域展示的分歧性是包含著統一性的,貫穿著一種單一的美學心態和一種可辨識的風格,即現代主義風格,就像是和弦一樣,現代主義並不只是一群前衛的異議之士的大雜燴,而是一個「整體要大於所有部分總和」的實體。彼得・蓋伊:《現代主義——異端的誘惑:從波特萊爾到貝克特及其他》(新北市:立緒文化事業有限公司,2009年12月),頁19。

整體個體。因此，這種分析結構式的理解進路，影響人對生命的概念
朝向二元分化的組合式個體的自我理解與認知，以及人在現象上就是
訴諸個人慾望的個體，自然與社會則成為提供滿足其慾望的手段。
這種思維方式在倫理學的基本觀念是功利主義式的，在社會哲學是原
子論式的，在人學（science of man）上則是分析式。然而，表現主義
卻不同意這樣的看法，認為人不是由物與心的組合物，而是一個涵容
二者的表現的統一體，作為一個表現的存有者，人必須恢復與自然的
合一。啟蒙運動與表現主義基本上存在著對人與自然關係看法上的決
裂[17]。延續啟蒙運動與表現主義處理自由、理性與自然等命題的關係，
不僅僅影響近代美學尋求內容與形式、理性與感性、主觀與客觀等對
立面重要課題的辯證統一論述，也尤其影響浪漫主義的文藝思潮。

　　浪漫主義的文藝思潮是浪漫運動的結果之一。浪漫運動的鼎盛期
從十八世紀九十年代到十九世紀三十年代。興盛背景除與法國革命前
後歐洲政局的現實有關，理論基礎與德國古典哲學唯心主義息息相
關。其中，主觀唯心主義（如康德、席勒、費希特）將人的心靈提升
到客觀世界的創造位置，強調天才、靈感與主觀能動性；客觀唯心主
義（如謝林、黑格爾）則把客觀精神提高至創生物質世界的地位，強
調人的自在自為的絕對與自由無限可能[18]；英國經驗主義則回到感官
經驗的現時基點，將哲學與美學的對象從客觀世界的性質與形式分
析，轉到認識主體的認識活動上，並強調對美感活動的生理學與心理
學分析。[19]浪漫主義突破歐洲新古典主義訴諸物體形式的美感觀念與對

---

17 Charles Taylor：《黑格爾與現代社會》（臺北市：聯經出版事業公司，1999年9月），
　　頁3-4。

18 夏志清：〈導言〉，《啟蒙運動的美學》（臺北市：金楓出版有限公司，1987年），頁
　　64-65。

19 英國經驗主義強調「美感即快感，美即愉快」的傾向，導致經驗派美學的總方向，
　　一方面建立「觀念聯想」律作為創作想像的根據，另一方面又著重研究人的各種情
　　欲和本能以及快感和痛感。同前註，頁24-25。

理形理想的接受,將此轉向創作個體本身的情感與想像,肯定主觀的幻想與內在抒情的書寫。除此之外,民族國家的興起,也促使浪漫主義尋求民族自身脈絡的傳統與特殊表達方式,以及對當時社會的城市文化與工業文化的厭惡,轉向「回到自然」的心靈追求與崇拜書寫。

浪漫主義文藝風潮之後則是現實主義。西方現實主義對浪漫主義的反動並未像浪漫主義對新古典主義的激烈對抗。現實主義的文藝思潮改變了浪漫主義對個體主觀價值書寫的重視,開始轉向現實社會現象的批判與揭露,最具影響的文學形式是小說。現實主義最大的貢獻之一在於擴大了文藝題材的範圍,以及時代面貌的反映與普世人類命運的探討。浪漫主義與現實主義在西方歷史的發展,並未像臺灣戰後兩者之間存在著的嚴重的價值對立與衝突,其區分基礎僅僅在於客觀現實書寫與主觀抒情書寫的各有側重。在西方,反倒是浪漫主義和古典主義之間爭執較劇烈。不過,古典主義與現實主義的書寫價值傾向仍有不同,古典主義重視於物體的形式真實與美感,而現實主義則更在意於現象本身的真實與對醜惡的揭示。

現代主義則是繼浪漫主義與現實主義之後的當代前衛文藝思潮,除顯示對現實主義訴諸現實批判與客觀現實描真傾向的反動,現代主義則從現實主義的客觀性轉向一種對當代觀察與理解本質的理性思維與掌握態度,特別是表現在對「現代」時間的「分割」與「斷裂」屬性的本質,以及在這個「現代」形式與本質的理性思維中,從空間意識所發展出的時間書寫、非線性與多重平行的時間意識與相對可能。雖然,這些西方現代主義文學(特別是小說)的重要開發的書寫意識與形式實驗,未能在五〇、六〇年代的現代詩運動中形成明顯的重要論戰議題,但新詩、自由詩、現代詩究竟應該在形式與內容上接受如何的「現代」洗禮?相較於西方現代主義對於浪漫主義與現實主義的反動與前衛性,會發現西方現代主義更關注在造成「現代」現象的

「現代性」本質，不同於浪漫主義回應「發現大寫的人的自由性與獨特性」[20]，也不同於現實主義專注於「人」在社會現象的客觀觀察，以及透過個體案例所指涉的普世意義探索。西方現代主義的世界觀已經不再圍繞於整全的人的個體性或人的主體性，而是人在「現代」的時間與空間中所產生可切割化或斷裂化或破碎化的各種可能性。

　　再回到臺灣新詩走向至現代詩的脈絡中，不管是從接受「橫的移植」的現代派路線、或是提出「縱的繼承」抗衡的「藍星」詩派路線，最終都承認這兩個路線都是「自由中國」的「現代詩」[21]，值得注意的是，兩派在五〇、六〇年代現代詩論戰為「現代詩」取代「新詩」，以及紀弦後來試圖以「自由詩」導正的正名結果，以及兩派各自不同詩論路線之下所操作的「現代」想像與發展現象。

　　紀弦在一九五六年提出「「現代派信條」釋義」之後，緊接著發表的〈戰鬥的四年、新詩的再革命〉一文中，很清楚地指出現代派以「新詩到達現代化」作為新詩的再革命的使命任務[22]。文中對「詩到

---

20 英國經驗主義重視美感即快感、美即愉快的進路，強調客觀脈絡之下的個體性表現，而德國古典美學認為美在理性、內容表現於感性形式的進路，強調主觀脈絡之下的主體性。同前註，頁162-168。

21 「自由中國」是當時臺灣在國民黨政權主導的中華民國歷史現實與定義，「自由中國」詩壇主要以「現代派」、「藍星」、「創世紀」三大詩社為主，多數為外省籍詩人，其源頭可以紀弦為代表，追溯至五四中國時期；另一個代表則是臺灣現代詩球根的文學繼承與發展，則是六〇年代中期成立的「笠」詩社，以桓夫為代表，上溯至日本時期的「銀鈴」詩社、「風車」詩社。紀弦「現代派」的現代詩古典化主張、「藍星」詩社對於民族自我作為現代詩內容的藝術實踐，都是肯定中華民族的傳統與文化。現代詩在六〇年代取得現代文學的正名之後的政治意識與美學之爭，則轉到以「創世紀」的超現實主義與笠詩社的現實主義的推移對峙，但是，兩者在「中國」、「臺灣」的主體意識的路線之下，都有其現代性探討。

22 另一個使命是「反共抗俄」。通過布迪厄「場域」概念的沿用觀察，可以發現不同場域都有其自主或他律原則，彼此消長。其中，政治的權力原則與美學的藝術原則的鬥爭，一直都不是二元對立，而是有其可相互滲透、彼此對應尋找最適發展的彈性。一九四九年之後，反共文學作為國民政府主導中華民國在臺灣的復國／建國的

達現代化」，有清楚的解釋：

> 第一、新詩必須是散文之新工具創造了自由詩；第二、新詩的
> 手法必須新；第三、更關注於「新詩的現代化」的詩革命歷
> 程。換言之，詩的新大陸之發現，詩的天地之開闢。正因為境
> 界之新，意味之新，舊的手法不能表現，所以才以新的表現法
> 為必要；既然採取新的表現手法，舊的工具當然不適用了，於
> 是新的工具應運而生，使用新的工具，表現新的境界，新的意
> 味，而其結果所創造了的新的形式，便是今日之自由詩（不是
> 那種採取中間路線，抱持妥協態度，看法和我們距離的那種半
> 舊不新的所謂自由詩）。此之謂「內容決定形式」。所以內容決
> 定新的形式，新的出發點決定新的到達點，新的因產生新的
> 果──非常之邏輯的因果律……而在此三綱之外，我們還有一
> 個比一切重要的總的認識。那便是：新詩，不是縱的發展，而
> 是橫的輸入……是來自歐美的「移植之花」[23]。

「現代派」對於自由詩創作的「現代」路線清楚地指出：以白話
為基礎的語言形式與來自歐美現代詩的表現內容，而且進一步要求內
容意識與表現的革新，並以革新的內容意識與表現帶動語言形式的自
由解放。因此，就五四文學革命時期的豆腐體白話詩而言，仍維持古
典漢詩的固定形式，只是將文字表達從文言文轉換到白話語文的表述

重要文學類型，反共小說之所亦更容易較反共詩取得更適發展的利基，主要是因為
小說的敘事本質可以為「反共」主題，創造出比詩的抒情本質更多具體的「關於敵
人」的指涉、想像與因果解釋。「新詩到達現代化」作為新詩的再革命的使命任
務，也可以看到在反共的戰鬥文學的框架下，詩人極力將「新詩」推入積極發言位
置，也可能巧妙回應詩人對「新詩」進入國家現代化的精神工程的責無旁貸。

23 張漢良、蕭蕭：《現代詩導論（理論、史料篇）》，頁390-391。

方式；而另一種以自由聲韻而琅琅上口的五四新詩，在內容上也只是以白話語文描述、表達詩人所理解到的主客觀世界印象或情感想法。這些還停留在素樸白話語言表述或直覺掌握到的形式自由，都還不能算是真正的突破，只有移植西方現代帶來的新與變的才是真正的「現代化」詩革命。覃子豪在〈現代中國新詩的特質〉指出五四新詩運動所解放的只有文言文的語言、文體與舊詩的精神束縛，詩的現代化革命不僅是語言上的問題，還有質的問題，特別是詩人以現代人的觀念，基於中國現實生活的深刻體驗而來，進而提出中國本位的現代化發展路線。

紀弦現代派與覃子豪之間的論爭，雖然都不約而同地指出詩的現代化的歷史發展必然性，但是，兩者在形式意識與內容表現上，現代派以移植西方訴求而帶出「現代」本位思維的新詩現代化發展，而後者則是堅持「民族」本位思維的現代詮釋，強調經驗生活的現實感與現代詮釋想像的創造。「現代」本位與「民族」本位雖然同樣有其新詩發展所要求對應的形式與內容創作問題，但本位的基調不同，促使兩者在發展新詩創作的意識取向也會不同——前者的現代本位將會促使詩人將新詩本體創作的形式與內容對應導向發現「現代」的世界觀，即詩人的個體性與現代性的時間意識的本質；而後者的民族本位則會將詩人個體繫聯於民族的歷史視域中，使得詩人的主體發展不只有其個體的生命脈絡，也交融在民族傳統的時間脈絡的歷史視域中。這兩種不同的思維方式，會各自主導新詩對現代化與現代性的發展向度。

兩者不同的本位發展，會影響詩人朝向不同開發新詩的現代形式與內容對應位置[24]。而在五○、六○年代新詩朝向現代詩的發展過

---

24 值得留意的歷史事件之一是，紀弦在《現代詩》第七年春季號時，結束現代詩刊的主編權後，從此改弦易張，開始提倡「自由詩」，甚至發展到後來宣稱取消現代詩。

程，不管是主張橫的移植或縱的繼承，兩者在爭取現代詩進入戰後臺灣的自由中國現代文學的主流文學場域時，也同時將現代詩的「現代」歷史向度導入他律原則的民族主義建國的意識形態之中[25]。而另一方面，西方現代性中以個體作為客觀現象描述與客體認知理解的認識自我、建構自我的理性基礎，以及訴諸原子論型態的「個體」為基礎所發展的「現代自我」，對「現代」本位脈絡的創作意識關涉詩人以「個體」的方式理解自我與世界，也透過橫的移植立場的理論輸入現象，以不同風格影響臺灣戰後現代詩發展的文學自律原則。相對於「民族」本位的個體建構方式，「縱的繼承」立場則更關注於詩人的民族自我應該賦予如何的現代語言形式與技巧，其中，語言的自由與解放成為詩人主體發展現代詩的重要創作向度。

　　回到「縱的繼承」或「橫的移植」的論爭，以及作為建立臺灣戰後現代詩延續五四白話「新」詩發展走向「自由」詩或「現代」詩的創作原則，雖然最後紀弦主導的現代派與覃子豪為代表的藍星不約而同在創作上同意民族自我的殊途同歸，但循著論爭軸從「新」到「自由」或從「新」到「現代」在形式與內容的想像途徑，以及詩論形成如何影響詩人主體、詩語言客體、詩本體之間的關係變化，現代詩發展過程所涉及的「詩的存有」究竟應該延續古典詩的詩人主體世界觀，還是接受西方現代主義的理性原則而開始導入的語言本體世界觀？

　　從這個觀點來看「縱的繼承」的抒情原則，或是「橫的移植」的主知立場，即使最後都能同意以民族自我建構現代詩的殊途同歸，主

---

25 六○年代中旬之後以臺灣籍詩人為主的「笠」詩社，則漸漸朝向更具有「臺灣」在地或主體意識的詩創作意識，以及更多不同語言風格表現形式的詩的現代性。而現代詩論戰史第二階段的「麥利堅堡」論戰、「招魂祭」論戰、「颱風季」論戰、「關唐事件論戰」等論爭，都仍然可以看到現代詩如何在現代的提問脈絡之下，仍存在創作意識上究竟是以民族本位的自我或西方現代性的自我意識本位之間的緊張關係。

知或抒情在一開始建立原則時的立場對立現象，立場對立現象背後所涉及詩人主體、亦或肯定詩本體而開啟詩語言存有的現代世界觀軌跡，有助於釐清臺灣戰後現代詩在現代語言發展現代性過程中，關於詩人、詩語言、詩本體之間所產生的質變效應。紀弦以主知完成一首詩的精神與方法，啟動詩人對於世界的理解與掌握，不再遵從抒情的詩人主體性原則，打破詩人對語言的直接介入，使得語言之於詩人來說，不再只是傳達詩人情意的依附之物、或是詩人個體投射世界的再現總和，而是一個可以獨立於詩人存在的「真理符號系統」。

因為，「主知」要求詩人保持中立與客觀態度來傳達現象的理解，訴求精確的語言來呈現世界，提點出一首詩的完成，不只有經由詩人主體直觀之下的情感意志才能完成；而是承認語言的意義指涉，有其讓語言回到自身存有的本質現象，詩人可以「詩」作為一種容器，而在「詩完成」的當下瞬間，同時也讓詩的語言表述直接等同於世界與現象之自身。詩的存有，證明語言不再只是詩人情感意志的延伸之物，或是用以描述、傳達、承載自己對這個世界的感知與情感的符號系統。

而「橫的移植」的現代主義主知原則，則啟動「現代」的理性意識中，語言符號與世界現象之間以「人」作為中介的「語言存有」運作原理。「語言存有」的運作原理，使得詩人創作詩不再受限於依循情感意志的創作原則，因之詩人可以從理性的主體創作角度，意識到語言之於詩人、詩語言之於詩本體本身之間，「詩」不再是詩人主體對語言客體的投射或延伸想像的線性關係產物，而是最接近現象或是世界本質的一種「真理形式」。現代詩的「一首詩的完成」在這個論述基礎上，完全不同於古典詩的「一首詩的完成」；古典詩的「一首詩的完成」是以詩人主體意志的延伸，作為詩的存有的基礎，然而現代詩的「一首詩的完成」，卻要求詩人主體的退場，讓詩的存有成就

詩作本身的藝術永恆性。

　　回到五〇、六〇年代，紀弦與覃子豪之間論戰對新詩的發展向度脈絡來看，除了從西方脈絡、民族脈絡文化接受層面上要求橫的移植、縱的繼承之外，兩人也在各自的理解上，提出自己認為詩的語言的藝術本質與「正確發展」方向問題。紀弦認為「『詩本身』的把握與創造」才是詩的現代化的關鍵，詩人完成一首詩不只是為了詩人自身而已，更重要的是「為了『詩本身』的完成」。紀弦更進一步指出，自己強調的新詩的再革命是對當初自由詩運動「表現形式的革新」的再進化，是以「表現手法的革新」為中心任務的「現代詩運動」[26]；然而，覃子豪圍繞以詩人為創作主體中心的「詩底再認識」、「創作態度應重新考慮」、「重視實質及表現的完美」、「尋求詩的思想根源」、「從準確中求新的表現」、「風格是自我創造的完成」的六個原則，也有其對於新詩的現代想像。兩人在主知與抒情之間橫的移植與縱的繼承的論爭，從立場之爭漸漸深化到不同立場所接受或所轉化的美學風格與技巧，其背後對於「現代」提問的創作立場與現代詩美學發展影響，究竟帶來甚麼樣的「如何現代、怎樣現代」軌跡？值得繼續追探。

---

26 紀弦：〈從現代主義到新現代主義──對於覃子豪先生〈新詩向何處去？〉一文之答覆上〉，《現代詩》第19期（1957年8月），頁1。

第三章
新詩的美學典範提問與歷史發展軌跡探究

　　紀弦「現代派」啟動了西方現代主義的橫的移植之後，以覃子豪為代表的「藍星」詩社的現代詩人，則以縱的繼承要求新詩的現代開拓路線，而繼續捍衛中國傳統文學、五四「白話新詩」形式與支持詩的大眾化的傾保守勢力文人，也陸續加入論戰。從五四時期運用象徵主義技巧的詩人與詩探討，到捍衛「新詩」的大眾閱讀實踐，臺灣戰後新詩之名雖然不敵、退位給「現代詩」，但接受西方新詩洗禮的詩人的創作意識中所蘊含的現代軌跡，也使得現代詩的閱讀難度相對提高。延續五四新文學時期傳統的保守派，在紀弦與覃子豪的論爭之後所發動的反對勢力，重新要求回到「白話」脈絡、而非「現代漢語」脈絡的中國新詩立場；中國五四運動之後新詩發展時期，開創象徵詩派的李金髮重新再被檢討；現代派與藍星詩派各自有詩人回覆應戰；各方無論贊成或反對立場，也多有紛紛加入新詩討論行列。

　　象徵詩派與象徵詩論對於中國白話新詩的拓展效應，除了延續五四新文學對於文學是否納入民族國家文化建設進程，以及傳統與現代脈絡的中西文化之爭的歷史視域外，新詩之「新」與現代詩之間的現代要求，究竟產生了甚麼樣的變化性？這個變化如何將新詩之「新」轉為現代詩的現代定義並脈絡化？戰後自由中國詩人又是如何實踐新詩或現代詩的美學藝術？這個美學的藝術軌跡又是如何改變了白話語言系統的感覺結構？這些自覺或反擊造就或提點了戰後臺灣六〇年代

的自由中國現代詩與現代詩人的創作經驗，也揭示臺灣戰後自由中國脈絡之下的現代詩運動的詩語言美學自律模式與運作。

第一節　詩語言內容的典型化美學發展

當蘇雪林以大學教授的知識份子投文表達個人強烈的反新詩立場之後，「現代派」與「藍星」詩社之間的詩論爭開始漸次轉向聯合陣線，共同表示支持中國新詩與現代詩的繼續發展。其中，覃子豪與蘇雪林多次密集往返討論中國新詩與當時詩壇創始象徵詩派代表的李金髮、現代派代表的戴望舒。蘇雪林的論述反映了其強烈的中國傳統文化民族主義的保守立場，以及個人對西方現代詩的諸多偏見；覃子豪雖然也試圖從個人立場釐清西方象徵詩人與象徵詩派文學的認知，但覃子豪在釐清蘇雪林的反對意見過程中，也特別強調臺灣新詩相較於五四新文學時期現代派對新月派、創造社、白話詩超越關係的再超越；覃子豪甚至明確表示「把臺灣目前水準以上的作品拿來和大陸時期名家的作品比較，便能感覺到新詩確在大大的進步中，新詩和現代繪畫一樣，感覺甚為敏銳，它接收新影響的能力較之小說、散文、戲劇為強；那完全是由於詩的型態簡練，特別重視表現技巧的緣故」[1]。

覃子豪比較大陸時期五四新文學發展過程白話新詩、「新月派」、「創造社」、李金髮以至現代派的演進，可以看到覃子豪觀察到初期白話新詩在相對於舊詩表現上的侷限性。但是，蘇雪林的觀點也同時

1　覃子豪：〈簡論馬拉美、徐志摩、李金髮及其他——再致蘇雪林先生〉一開始就點出新詩在歷史時間演化必然進步的現象：「中國新詩從五四運動到現在已有四十年的歷史了，其發展的過程，是無數個超越的連續。無疑的新月派和創造社是白話詩的超越，而現代派又是新月派與創造社的超越。臺灣目前的新詩，則又超越了現代派。」（《自由青年》第22卷第5期，頁14）

對應中國古典詩體有其象徵表現的感覺方式與成熟的語言技巧，為何
一定要詩法西洋、揚棄古人？兩人的論爭都有其各自立場的攻防，或
者有意無意間表現出對西方文學發展一定熟稔的背景知識，然而撇開
贊成或反對，回到兩人各自同意的詩語言表現，蘇雪林異常堅持「所
謂象徵詩第一個條件便是不講文法的技巧」，以及覃子豪冷靜回應
「象徵詩派打破了古典主義的格律，創立了不定形的自由詩」[2]。兩
人立場不同的解讀，可以看到蘇雪林謹守古典詩格律形式體例之下詩
語言對詩人與世界的「再現」規範；但覃子豪在新詩之所以為新的發
展脈絡，要求詩語言形式解放之後詩語言如何促成「詩本質再現」的
可能性——兩者都涉及到甚麼樣的詩語言表現才能定義為詩，以及甚
麼樣的詩語言捕捉到的「象徵」才是「詩」，但是，蘇雪林接受有條
件接受新詩的保守立場，也促使覃子豪去思考：新詩的詩語言不再被
詩的形式規範保障時、甚麼樣的新詩表現才是合乎詩本質等重要問
題。覃子豪對蘇雪林駁斥之論的推進，可以看到新詩從舊詩格律形式
規範解放之後、朝向「詩質」典範的提問與建立，也在探問「詩質」
過程中，提點出詩語言表現本身所指涉的普遍性與特殊性脈絡問題。

　　因此，從上述觀點重新解讀蘇雪林與覃子豪之間「不合文法」與
「詩的自由」的對立，以及兩人各自所認可的「新詩」，其實相當真
實地反映出兩人在詩的傳統與現代脈絡中各自站立的位置與其所演繹
的新詩認知。蘇雪林在〈新詩壇象徵派創始者李金髮〉一文起始，曾
以宋代宗室趙漢的五律詩為例，諷諭李金髮之流的象徵詩缺乏普遍的

2　覃子豪：〈論象徵派與中國新詩——兼致蘇雪林先生〉：「在形式方面，象徵派打破
　了古典主義的格律，創立了不定形（Vers amophes）的自由詩（Vers Liber）。但沒有
　『不講文法的技巧』。蘇雪林先生論及象徵詩時，開始便說：『所謂象徵詩第一個條
　件便不講文法的技巧』。這措辭確夠令人駭異。……」《自由青年》第22卷第5期
　（1959年9月），頁10。

理解脈絡[3]；蘇的觀點除了指明象徵詩不講文法技巧，也指出象徵詩中朦朧恍惚、達於晦澀曖昧，以及允許讀者合作的創作邀請。撇開蘇本人評文中菲薄今人愛古人的文學傾向，蘇的論點確實也指出新詩與古典詩最大的不同，在於詩創作過程賦予詩人個體中心、而非訴諸詩典範（包括形式格律與名家典範）中心的詩作典範轉移現象。在這一階段的論戰現象之一，保守立場一直執著於攻擊新詩的難懂難讀與青年紛紛仿效的風潮，而新詩陣營也從不同角度肯定新詩本身需要建立屬於「可以不屬於古典詩傳統」的方法。紀弦在〈現代詩的創作與欣賞〉直接就點明：新詩需要、也要求屬於新詩自己的典範形成，而不是遵循傳統；現代詩之所以難懂，在於新詩有別於傳統詩的創作與欣賞方法[4]。

　　紀弦的回應可以看到論爭後續所延伸出一個相當重要的問題：新詩自身的「現代」典範究竟是甚麼？紀弦以「現代派」要求現代主義的新詩革命，也在論爭中進一步提問現代詩不同於過去舊詩（包含不新的新詩）的表現與方法是甚麼？紀弦認為「詩想」是現代詩美學實踐的關鍵，也關乎現代精神的呈現，並不只是為了大眾的理解而存在：

> 所謂詩的深度，亦非意味著「思想」的深刻，而是指其「詩想」之深遠。……一首詩是一個存在，一個實感；一首詩是一個組織，一個構成；一首詩是一個全新宇宙的誕生，一個全新的秩序之確立。而這宇宙的秩序，又不是不可以用心的望遠鏡

3　蘇雪林以宋宗室趙漢詩案例：「日暖看三織，風高鬧兩廂，蛙翻白出闊，蚓死紫之長；潑聽談梧鳳，詩拋接建章，歸來屋裡建，打煞又何妨」，指出詩人所寫的內容不能在詩人自己的脈絡，否則就會發生類似的笑談，諷刺象徵詩人為趙漢之流。〈新詩壇象徵派創始者李金髮〉（《自由青年》第22卷第1期），頁6。

4　紀弦：〈現代詩的創作與欣賞〉，《自由青年》第22卷第2期，頁8。

去窺探其難以言詮隻奧秘的。過去一切舊詩是訴諸肉耳與肉眼的。但是現代詩則否；它是訴諸心耳與心眼的──不！它是訴諸心靈的。現代詩不以老嫗都解為榮幸。它是少數人的文學，不是大眾的[5]。

紀弦以「詩想」說明現代詩不同於過去古典詩的表現質地，「詩想」決定了詩的高度，也點出了一首詩就是其自身存在的本體，以及可獨立於詩人本身而獨立存在的理解方式。紀弦雖然未再解釋、論述詩想、詩人、詩本體之間存在的微妙關係，但顯然他已經注意到現代詩的詩想與古典詩的意境，是完全不同的異質存在，也發現現代詩中所蘊含的現代精神與表現世界的方式，已經非舊詩的語文表現世界所能概括或等同。而不獨有偶，主張從縱的繼承發展新詩的覃子豪，也認為新詩需要繼續拓展詩的可能性，而不能一味地站在舊文化的保守立場故步自封，適當吸收西方文學技巧，也是無可厚非。覃子豪在這個觀點上，肯定中國新詩接受西洋詩之後的進步與改變，促使現代新詩有其與當代接軌的自由精神與更複雜的情感。他認為新詩發展雖然有其縱的繼承，但也不是繼承而已，最重要的是自由創造與發現接近生活的真實的詩的真理：

中國新詩之有進步，無疑的是受外國詩的影響，自創造社接受了浪漫派的寫作方式，新月派接受英國的格律以後，新詩才擺脫白話詩膚淺的調兒。李金髮的「微雨」、「為幸福而歌」的出版，中國新詩便開始和法國的象徵派發生了密切的關係，新詩也就向前大大的躍進了一步；無論在內容攝取上表現技巧上均

5　同前註，頁9。

有新的開展。……象徵派所要表現的不僅是外在的有限物質
界；還要表現內在隱蔽的無限的靈界。……中國新詩至現代派
才徹底的擺脫創造社的陳腐的格調和新月派的形式主義，完全
揚棄詩的腳韻，充分發揮了自由詩的精神。無疑的，自由詩更
能表現出現代人深沉而複雜的情感。……臺灣目前的新詩，其
趨勢是表現內在的世界，而不是表現浮面的現象的世界。它在
發覺人類生活的本質及其奧秘，而不是攝取浮光掠影的生活的
現象。它已經超越了象徵派所追求的朦朧而神秘的境界，更接
近生活的真實[6]。

　　覃子豪解釋象徵派對中國新詩所產生的深遠影響的同時，也一併
釐清當時臺灣詩壇（包括自己）對於新詩的追求，已經不再停留李金
髮之流等象徵派詩人以文字指涉物質界現象的象徵世界，而是接近生
活的真實的本質世界探問。覃子豪對現代新詩的表現與新詩所企求掌
握的詩本質的真實，雖然與李金髮的追求向度不同，但是兩人對於創
作語言的表現，都不再拘泥（詩人、讀者可共通的）普遍規範的限
制，而轉向詩人個體脈絡化。這個解放促使詩語言作為詩人與語言的
統一的「典型」，不再可能形成不可挑戰的典律，而是詩語言「典
型」的典範化發展，透過論爭，不同階段對「白話詩」、「新詩」、「自
由詩」、「現代詩」等詞彙接受過程，也因而蘊含各有其對應發展的美
學歷史視域。
　　紀弦主導的「現代派」與覃子豪為代表的「藍星」詩社，相對於
蘇雪林等有條件接受五四新文學的保守勢力，也漸漸從「橫的移植」、
「縱的繼承」與主知、抒情等立場對立，轉向同一陣線，各自提出創

6　覃子豪：〈論象徵派與中國新詩——兼致蘇雪林先生〉，《自由青年》第22期第3卷
　　（1959年8月），頁11。

作的理想與目的性。紀弦從「詩想」的肯定出發，而覃子豪追求「生活真實」的詩的真理，兩人用詞不同，但都不約而同地注意到，新詩作為一種現代的自由形式的文學體裁之後、詩語言的內容表現的美學典型化究竟應該如何呈現的問題。紀弦的「詩想」與覃子豪的「生活的真實」則可以從這個觀點切入，繼續探問臺灣戰後六〇年現代詩的「現代」軌跡，以及美學典型化對於「新詩」接受「現代」的發展向度影響。

　　典型作為「一般與特殊的統一」的美學原則之下的一種事例，紀弦的「詩想」與覃子豪的「生活的真實」的主張，突顯出詩審美對象與意象經營的典型化原則，究竟應該從一般出發還是從特殊出發？

　　兩人的不同可以看到兩人如何思考詩本質表現的進路差異性：紀弦主張從「詩想」出發，傾向「從一般到特殊」的典型化進路；而「覃子豪」認為應該要從「生活的真實」出發，則傾向於「從特殊到一般」的典型化進路；兩人沒有誰對誰錯或誰優誰劣的問題，但提點出六〇年代現代主義詩論對臺灣現代詩發展的美學典型化的不同進路思考與實踐，也回應西方近代美學家以來所關注的重要問題。

　　在西方，典型作為「一般與特殊的統一」這條大原則之下的一種事例，從歷史發展的角度來看，包括兩個問題：第一個是：重點擺在一般上還是擺在特殊上？對這個問題，歷史已經提供答案：到了近代，典型的重點已從一般轉到特殊。另一個問題是：典型化應該從一般出發還是特殊出發？在這個問題上，近代美學家們的意見是不一致，首先提出這個問題的是歌德：

　　　　詩人究竟為一般而找特殊，還是在特殊中顯出一般，這中間有
　　　　一個很大的分別。由第一程序產生寓意詩，其中特殊只作為一
　　　　個例證才有價值，但是第二種程序才適合詩的本質。它表現出

一種特殊，並不想到或明指一般，誰若是生動地把握住這特殊，誰就會同時獲得一般。而當時卻意識不到，或只是到事後才意識到[7]。

　　歌德提出為一般而找特殊，還是在特殊中顯出一般的問題，點出詩人從概念出發或是從現實出發的差異。詩人在出發點的基本歧出，顯示詩人如何建構個人對詩的理解進路，因而有了詩語言的掌握，進而實踐了一首詩的完成。五○、六○年代持續推進的現代詩運動的詩論，之所以如此重要的原因之一，即在於詩論引導詩人創作，詩人創作實踐詩美學的典型化，進而獲得典範承認。不管是從一般出發還是從特殊出發，這兩個進路都可以看到新詩接受西方文學理論影響與技巧的同時，除了刺激新詩從白話文朝向更開放的現代漢語系統發展之外，詩人對詩語言的掌握應該從概念的一般性、或從生活真實的特殊性出發，也會影響詩人對詩的現代想像建構與發展方向。

　　從概念的一般性、或從生活真實的特殊性出發的典型化過程，顯示詩人創作過程對詩語言掌握，有來自詩語言所自存的客觀性或詩人個體的主觀性的不同角度，也揭示六○年代現代詩發展詩美學過程，從主知或抒情實踐「現代」想像而漸次分離的語言本體中心或詩人主體中心的詩語言世界觀。這是傳統古典詩、早期白話詩或新詩革命與創作實踐所未能揭示的詩學革命，而從「現代詩」的詩觀立場與詩學論戰所啟動。這也點出初始造就臺灣五○、六○年代現代詩運動的抒情或主知詩論，在縱的繼承或橫的移植的歷史發展向度現象之下的詩語言世界觀，以及其中所隱藏與啟動的「現代」的詩美學革命軌跡。

7　朱志清：〈導言〉，《狂飆時代的美學》，頁54。

第二節　大眾的新詩或詩人的新詩
——詩語言再現與詩人／詩革命

　　臺灣六〇年代所啟動的「現代」的詩美學革命軌跡，對於「縱的繼承」或「橫的移植」的詩傳統爭執，真正的「革命」並不在於是否要全盤接受西方，而是在雙方往來的詩論辯爭點中，逐漸揭示「縱的繼承」要求之下的詩人主體中心的語言世界觀，以及主張「橫的移植」所隱藏的語言本體中心的語言世界觀。詩人主體中心的語言世界觀基本上是抒情的，顯示詩人脈絡的語言再現進路，強調的是詩人的主體再現，詩語言作為詩人的情感思想的承載體，表現的詩語言是詩人之心與眼所掌握、所理解的世界；然而，主知的絕對客觀立場，會致使詩人主體與語言保持一種平行關係，詩人彷彿是語言與世界的中介者，讓語言之自身在成為詩的過程，始終保持概念的客觀性，讓語言自身所投射或捕捉到的世界，進而以一首詩的形式存在，詩人在詩完成的同時，也同時隱退，詩人所成就的不只是詩人筆下或名下之詩，而是讓詩保有了一個非再現詩人自我的語言本體世界。詩語言所指涉的不是詩人自己的真理，而是承認「詩」作為一種涵納語言的文學表現形式，擁有一種讓語言回歸自身而在此之中揭示世界真相的真理潛能。

　　因而，主知相較於抒情立場所各自啟動詩人自我與語言關係的不同進路，最大的不同則在於詩人與語言的關係，不再是訴諸詩人主體之於詩語言客體的再現關係——包括主觀層面的感情投射立場或是客觀層面的現象描述所掌握的語言現象，而是詩人以自身理性承認、並啟動語言有其屬於自身的存有本質，而「詩」正是能讓語言回歸其自身並表現世界的一種特殊文學形式。不管是從概念的一般性、或從生活真實的特殊性出發，除了影響詩語言從語言自身所對應或從詩人主

體所再現的「現代」運作軌跡，也會帶動詩人從主知或抒情立場所出發的創作意識，進而影響詩人自覺或不自覺傾向的詩創作藝術風格與技巧選擇。

在臺灣五〇、六〇年代推進的現代詩運動過程中，「現代派」、「藍星」詩社各自站立的主知、抒情立場，雖然不一定在實際創作也能完全符合，但朝向西方開放的態度之下，不管是主知或抒情的創作意識原則導向，確實會影響詩人對詩作使用詞語與文法結構的歐化接收與融合的選擇，進而連帶打開不同意識發展之下語言系統背後所連結、指涉個人脈絡或歷史文化脈絡的語境想像。五〇、六〇年代由詩論之爭所啟動的現代詩運動，包括逐漸凝聚的「現代詩」共識，以及自由接受西方現代詩人詩創作實踐與理論的詩實踐。從初期主知或抒情之爭的現代派、藍星詩社，到後來主張超現實主義的後起之秀創世紀，可以觀察到三大詩社之間從浪漫主義與現代主義的對立與融合接受、從象徵主義到超現實主義的再進化。臺灣五〇、六〇年代的現代詩運動在世界文學的歷史角度中，仍有其獨特的文學發展軌跡[8]。

因此，主知與抒情的論爭在臺灣五〇、六〇年代現代詩運動中，其重要性並不在於詩人是否能夠實踐自己所主張的詩論，而是主知與抒情的對立背後所涉及的詩語言實踐的美學原則與方法，以及從現代詩人之間不同詩社的發展路線論爭，到保守反對勢力進入論爭後不敵現代詩人的落敗，以及各方對於「新詩」的各種想像與建言。這些不同勢力的爭論紛紛對照提點出古典詩、白話詩、新詩之間所各自延續

8　包括後來「笠」詩社活躍在臺灣詩壇的臺灣籍詩人，正如詩人陳千武從中國籍詩人V.S.臺灣籍詩人事實、所指出臺灣現代詩歷史發展的兩個球根論，而從中國五四或臺灣日本時期發展，以致先後在臺灣六〇年代、七〇年代所形成不同的現代詩典範與詩美學傳統，可以清楚看到民族／國族立場與價值認同在臺灣現當代文學體制的典範形成具有決定性影響，而美學認知與向度發展則是影響各自有其形成的現代軌跡。

或啟動的古典文言、古典白話、接受西方的現代漢語的語言典範；主知或抒情的原則則更進一步揭示臺灣六〇年代時期在奠基詩美學過程所涉及的最基本的問題，包括內容與形式、世界觀與創作方法、詩語言本身所指涉的概念世界的真實與透過詩人掌握詩語言所反映的現象世界的真實。主知或抒情原則在現代派與藍星詩人初始的對立過程，其所漸次分離出抒情屬性的詩人主體與「詩想」的詩語言本體之間的典型化問題。

這些典型化的問題影響詩人主體或詩語言本體所各自投射的現代自我想像內容的脈絡建構，也透露出詩語言與實踐對現代想像方式與發展之間的對應關係。即使紀弦為代表的現代派的現代主義與藍星詩人的現代抒情立場，在詩創作實踐的過程不再如主知或抒情詩論主張般的二元對立，而是既對立、又交融的相互影響。但是，詩人依循抒情原則所投射的詩語言世界觀，或者透過主知原則所釋放的詩語言存有世界觀，基本上，對臺灣現代詩美學的現代形構或現代意識發展，仍是檢視詩人自我與詩語言之間所發生的「現代」變化的線索。

這些變化不管是從文化傳統認知內涵發展現代形構的詩語言建立模式、或直接承受西方現代主義的詩語言意識發展模式，都是「新」詩朝向「現代」詩演進的美學典範化方式，也反映詩人本身在詩創作時選擇「傳統」或「現代」的歷史視域。這說明詩人的歷史視域與詩語言所形成的美學典範類型，有其相互影響滲透的關係存在，也同時決定詩人對於完成一首詩的語言表現的主觀存有或客觀存有向度。從這個觀點而論，主知或抒情原則所激發的詩語言，對詩人而言，亦是承載詩人完成一首詩時的自我位置。

在覃子豪力抗蘇雪林等保守派的象徵派論戰過後，緊接著發生的「新詩閒話論戰」，其中一個重要的討論要點就是新詩的解讀與接受。延續蘇雪林批評新詩缺乏文法邏輯的「不通」問題，反對立場繼

續嘗試從更客觀的論析立場，對新詩作出難讀難解的評論，而贊成立場則從新詩的難讀難解進行梳理的辯解。雙方的對立論析點出詩兩種不同的語言基礎建造向度：一、新詩或現代詩應該以詩人的表達為主？還是以讀者的理解為主？這兩種不同預設立場所發展出來的詩語言有其不同的藝術價值發展！然而，這個論題在論戰階段形成的真正重要性，並不是看懂或看不懂，而是在要求大眾讀者看懂或詩人可以對詩語言有絕對主導權要求的爭論現象中，點出現代詩已經將五四新詩發展時期所要求的讀者預設立場，**繼續推向詩人／詩語言主導的文學權力立場**。

　　然而，平心而論，不管是以詩人表達為主或是以讀者理解為主，都有其藝術的追求與表現，並沒有絕對的誰優誰劣的比較或排序問題，但是，從藝術自主原則而言，以詩人表達為主的創作原則，會以傾向追求藝術的自主價值為優位考量，而以讀者預設立場與讀者導向的詩，則會傾向於要求詩語言的大眾化，更強調讀者、詩人雙方可共通可解的詩語言藝術表現方法與實用價值，還有目的導向。所以，不同的訴求認知預設詩語言的發展方向，引發詩語言潛力通往的藝術創作目的。因此，詩人預設預立場與詩人導向的詩，將傾向於以詩人自我為中心，相較於詩對於詩人與讀者的雙向溝通與實用價值傾向，詩人的詩想與詩語言的藝術可能性，才是詩創作過程中最重要的優位考量。

　　這個爭論的背後真正所關涉的問題，並不是詩應該是難懂或易懂，而是新詩或現代詩能不能夠或需不需要像古典詩一樣發展出可被普遍接受的文學成規，或是可就此建立屬於自己的傳統。從這個理解脈絡出發，可以發現言曦在新詩閒話的系列文章所發問的質疑都相當發人省思，且提點出新詩通向現代詩不被接受的「現代」條件與「異變」關鍵。而現代詩人余光中認真反擊回應的辯解，也同樣可以看到「自由中國新詩」階段條件所侷限的「現代想像」。

　　首先，言曦在系列文章的基本定見，是從傳統詩所累積的古典詩規範認知，對新詩提出質疑。他所質疑的意見，大抵圍繞在幾個重要的成詩規範與原則：一、訴諸美感聲音（音韻／音律）所主導的詩語言發展原則；二、以大眾為基礎的語言理解規範；三、中國本位主義與古典詩人所建立的詩傳統與表現詩語言方法。他指出：

　　　　詩之所以為詩，應該有一個比較客觀的尺度，不以個人主觀喜
　　　　好准駁而定，分行寫的散文不是詩，辭浮濫語的口號的堆積不
　　　　是詩，只有少數人讀得懂的謁語不是詩……詩的構成條件大致
　　　　不外：（一）造境；（二）琢句；（三）協律……。詩是與多數
　　　　人心靈相通，而且是集體能夠感受的藝術，……有詩境而沒有
　　　　精煉且富音樂性句子，那只是「詩的散文」，音律協調而沒有
　　　　詩意，也只是曲文鼓詞……。[9]
　　　　中國人做詩的傳統在於因事比興託物，諷詠而無取乎坦露酣
　　　　暢，所謂「樂而不吟哀而不傷」，即是需要與讀者保持適當距
　　　　離，亦即是王靜安所謂「隔」與「不隔」的問題[10]。
　　　　……創造社膜造拜倫等浪漫派大師，新月社則步武英國十四行
　　　　詩及抒情詩的嚴整詩律，以他們中國文學傳統涵養與控馭中國
　　　　文字的圓熟能力，融會折衷……李金髮承歐洲象徵詩派的餘
　　　　韻，有志於標奇履險，以與新月的工整流麗相抗衡而力有未
　　　　逮，至於艱澀難通[11]。

　　言曦的詩論基本上還是停留在中國五四新詩時期對新詩的保守見

9　言曦：〈歌與誦──新詩閒話之一〉，《中央日報》中央副刊（1959年11月20日）。
10　言曦：〈隔與露──新詩閒話之二〉，《中央日報》中央副刊（1959年11月21日）。
11　言曦：〈辨去從──新詩閒話之四〉，《中央日報》中央副刊（1959年11月23日）。

解，其中，認可創造社、新月派卻反對李金髮的選擇性接受，饒富意趣。言曦與蘇雪林對李金髮的共同非議集中於李金髮新詩的難懂與怪異，然而，從新詩如何接受西方現代藝術表現的變化觀點，李金髮新詩的難懂與怪異之處，極可能代表中國新詩演化為現代詩過程所接受的過渡化的「現代」痕跡（trace），包括其詩語言傳達內容的歐化構句與表現情緒節奏的文言語助詞，以及從五感官能所捕捉的印象流動經營。這些從感官轉化而來的再現文字，之所以朦朧曖昧、艱澀難懂，主要的原因即在於詩境的形塑來自於詩人主觀的直觀化或感覺化語言，而非透過對客觀現象或世界表象的描述。

因此，詩人的想像力與觀察力不必再被約束在古典詩語言的即物比興的聯想邏輯，而可以直接訴諸直覺再現詩人內在的意識與外在的印象。象徵主義的語言藝術的前衛性，使得詩語言不再只是詩人主體對世界描述的內在情感或外在景物再現，而是詩人主體意識意圖進入或掌握世界或現象的直觀語言。

也就是說，象徵主義的實驗性的藝術技巧與感受表現方式，讓語言不再是詩人描述世界表象或現象的表現符號，而是一種探問世界、現象本質的具象化或形象化過程。詩語言的象徵性也因此有完全不同於古典詩語言即物比興的以景喻情的多重指涉作用——既揭露（reveal）詩人自我的意識世界，也指涉（be involved with）意識直觀到的本質世界。詩語言在既揭露詩人自我意識、又指涉意識直觀到的本質世界過程中，詩語言不再只能是詩人再現世界的工具符號，而是具有互涉詩人與世界的雙重性的系統符號。

言曦、還有蘇雪林對五四新文學時期的象徵詩採取的質疑立場，一方面反映出兩人仍停留執守傳統中國本位的前現代意識，一方面也對引入西方現代主義進入新詩創作領域後，在如何理解現代、想像現代、建構現代所產生的語言意識與精神質變，尚未能有所察覺。然

而，有趣的是，保守勢力努力延續選擇性地高舉徐志摩、朱志清等文人代表與其五四新詩的成就，並視臺灣六〇年代（自由中國）的詩人與新詩運動為象徵派之末流，促使詩人余光中也慎重地從新詩運動的認知定位加以反駁：

> 自由中國的新詩壇主要由三個詩社形成，即藍星、現代與創世紀。其中極少數的作者在早期的作品中容或受了李金髮的影響，或者在理論上曾經傾向於法國的象徵派，然而他們在今日已經超越了象徵派甚至不屑一談象徵派了。絕大多數的作者在西洋詩方面所受的影響絕非象徵派所可圈限。方思先生之介紹里爾克，夏菁中翻譯佛洛斯特，瘂弦先生及洛夫先生之發揚超現實主義，吳望堯、鄭愁予、林泠、敻虹、葉珊等先生之嘗試在新詩中保存古典的神韻，以及筆者之介紹英美詩，凡此皆說明今日的新詩運動是廣闊的現代文藝運動的一環，並非言曦先生所說的象徵派的餘波[12]。

因此，從余光中的回應可以看到：當時的「自由中國」的新詩運動，除了保守勢力繼續延續過去中國五四新詩的論爭外，年輕世代詩人以其當代進步意識，爭取文學自主的發言權與發展權，除點出新文學本身「與時俱進」的發展規律，也從此次新詩運動所具有的世界文學定位與意義，強調「藍星」、「現代派」、「創世紀」並非五四新詩發展的遺緒，而有其融滲不同向度的（現代）美學典範建構，包括法國的里爾克、美國的佛洛斯特、歐洲的超現實主義、英美詩、中國古典神韻等。余光中等新詩詩人不管是借鏡中國古典文學傳統或西洋詩人

---

12 余光中：〈文化沙漠中多刺的仙人掌──對於言曦先生「新詩閒話」的商榷〉《文學雜誌》第7卷第4期（1959年12月），頁26-27。

詩作或詩理論,在問題的意識上,顯然無法認同言曦等保守勢力人士從傳統文學而來的貴古賤今的先在判斷,更著重於新詩運動所具有的「當代」意義來看待自己與盟友的新詩大業。

余光中的回應雖然沒有直接點出新詩運動之於現代文藝現代屬性是甚麼,或是新詩本身的現代發展歷程應該是甚麼,但從「當代」的歷史事實拒絕延續五四新詩發展過程所建立的創作典範,反映出當代意識所切入的「現代」文學發展脈絡中、對不斷進步的「求新求變」的基本精神,以及線性時間思維的「現代意識」的接受。因此,五四新詩時期所建立的各種典範是屬於五四時期,即使受其影響,也不應該理所當然接受,進而成為現在的典範。所以新詩詩人不管從中國或西方借鏡,都應該擁有詩人個體或詩社群體對新詩發展的可能性的追求權力與自由。

對於詩人來說,這是詩人對詩創作的自主權,詩人首要服膺的是對詩的追求,而不是讀者的理解。新詩之所以有難解、讀不懂的現象,主要的原因即在於新詩解放古典詩律形式的必然性,以「新」的精神與表現形式追求「詩的可能性」,而不是詩的最適性或最完美性,因之較白話詩更具有未來發展的文學性;所以,五四新詩時期發展出的各詩派與詩人創作,都可以看到不同詩人對白話詩形式的詩語言的實踐或實驗追求,而新詩典範來自於對詩語言的「可能」的美學開發與建立,在不同歷史進程與不同歷史條件都會有其不同典範建構的可能。

值得留意的是,臺灣五〇、六〇年代現代詩運動的詩語言與其美學典範建構,「現代派」、「藍星」、「創世紀」之於五四新詩,即使是主張「縱的繼承」的藍星詩人,也未必服膺五四時期的象徵詩派,而是在開放態度中,持續探索新的美學資源:里爾克、佛洛斯特、超現實主義、英美詩、中國古典神韻的新表現……。這些新的探索促使各

家詩人在藝術實踐上自闢蹊蹺或途徑，如果從「一首詩完成的現代向度的可能性」觀點切入，這些詩人所引進的蹊蹺或途徑背後究竟如何影響新詩轉化為現代詩？又如何帶來甚麼樣的語言意識或形式美學革命？值得繼續觀察與探問[13]。

第三節　民族自我 v.s. 個體自我──新詩走向現代詩的兩種「現代自我」典範提問[14]

自紀弦高舉「現代主義」，推波助瀾成立現代派之後，新詩詩人們從現代派論戰中內部的主知或抒情、橫的移植或縱的繼承的路線論爭，開始進入「象徵派論戰」、「新詩閒話論戰」階段。這兩個階段促使雙方一致對外排除來自保守文化勢力的質疑。新詩詩人除澄清他們的論爭並非是五四新詩現代派與象徵派詩人的遺緒，也試圖從詩論的藝術實踐，力爭詩人對詩語言的自由與自主權。現代主義、現代主義新詩、現代詩等重要概念也陸續出現在討論行列中[15]。雖然，臺灣五〇、六〇年代並無相對較成熟發展現代主義背景的工業經濟與都市化客觀條件，但政治高壓的環境卻容易產生類現代主義對精神疏離與反

---

13 這個觀察與提問將從「翻譯／轉譯」的角度，重新探討詩人在民族自我與個體自我的兩種「現代自我」脈絡之下，是如何將來自傳統的翻譯／轉譯成現代，而將來自西方翻譯／轉譯成中國的或臺灣的。這個探討將從當代的時間意識如何影響詩人與詩論的理解接受，以及三大詩社的詩刊的藝術文本實踐兩個層次進行，分別為本書的第四章與第五章。

14 李桂芳：〈逆聲與變奏的雙軌──現代詩語言觀的典範化與延變之研究〉，淡江中國文學研究所碩論，1999年。

15 如王靖獻即嘗試釐清蘇雪林等多次以（五四時期）象徵主義指涉或等同於臺灣新詩的觀點，並指出他們的共同錯誤就是分不清「象徵主義」與「現代主義」間的不同。王靖獻：〈自由中國詩壇的現代主義〉《大學生活》第5卷第14期（1959年12月），頁28。

（布爾喬亞）社會主流的心理環境條件。奚密指出臺灣戰後現代詩的困境還包括官方意識形態所推廣的反共文藝、傳統文化對現代詩的反對與壓迫、五四文學傳統的斷裂，以及臺灣詩人的邊緣感與疏離感，包括大陸遷臺詩人的流放與失根的痛楚、普遍政治和社會——對臺籍詩人來說還有語言——上的壓抑與焦慮[16]。然而，審視西方現代主義與臺灣五〇、六〇年代的現代主義的條件氣候，會發現兩者的現代主義追求，雖然有其相當不同的文化社會環境，但透過詩語言追求藝術自我的自主與自由，有其可對話的內在邏輯關係。

彼得‧蓋伊認為現代主義雖然有複雜的具體可觸的差異性，但各領域的現代主義者卻共有兩種決定性的態度。第一是抗拒不了異端的誘惑，總是不斷致力於擺脫陳陳相因的美學窠臼；第二種態度是積極投入自我審視[17]。這兩種態度反映現代主義者以自我對個體解放的自由精神的嚮往，以及不斷對焦自我、向內探究真實而近乎「自戀」的興趣。西方現代主義者對當時社會新興／新富主流階級的布爾喬亞階級的嘲諷與鄙視，以高舉自我創造的前衛價值，不斷擺落傳統包袱與時代庸俗的自覺性，都與臺灣五〇、六〇年代保守文化的主導框架下文化知識份子與健康寫實的純文學大眾關係不同[18]。

---

16 奚密：〈邊緣、前衛、超現實：對臺灣五、六十年代現代主義的反思〉《臺灣現代詩史論——臺灣現代詩史研討會實錄》，頁247-248。

17 彼得‧蓋伊：《現代主義：異端的誘惑》，頁21-22。

18 陳康芬：〈健康寫實——中國文藝協會社群與戰後臺灣「純文藝」的大眾文藝價值觀形塑〉《文協60年實錄1950-2010》，頁133-134。西方現代主義挑戰傳統美學典範、以睥睨布爾喬亞的庸俗無創意為己任、最後被布爾喬亞階層所吸收的世俗化結果；相較臺灣現代主義被青年世代的菁英文化知識分子接受後，形成對抗來自傳統力量的保守文化的高級文化，直到六〇年代中期、七〇年代的鄉土現實主義的敵對、抵抗，八〇、九〇年代商業經濟成為主導社會重要力量，開始造成高級文化與大眾文化之間的模糊界線，現代主義在臺灣現當代文學體制中的選擇性接受的典範發展，仍留下「尚未完成革命」的空間。

　　因為，西方現代主義者高度肯定創作者的藝術自我的絕對主體價值，以及解放藝術的自由精神與創作衝動，其所突顯出以自我意識為中心的藝術自主原則，都不是臺灣現代主義的美學革命的核心認知。臺灣現代主義的接受美學路徑，先是從接受西方文化精神的「理性」為起點，然後透過詩論與詩技巧風格的啟發，將「新」詩推往發展「現代」詩的複雜發展。這恰巧與西方現代主義美學從自我意識覺醒到前衛藝術形式實踐的由內而外的歷程相反，另一個明顯的差異，則是當時詩人的「自我」認知與詩語言之間的交涉關係，始終交錯歷史脈絡與個人脈絡的雙重影響。

　　首先，在歷史脈絡的影響下，自五四新文學以來，新詩始終未能獲得文學主流發展位置，詩人要求的是新詩被接納的「文學正統」地位；再來，詩人在論戰中要求詩人的語言主導權，但未否定新詩對提升讀者大眾審美的價值功能，不斷需要與當時體制所認可的主流群體對話；最後，新詩語言在追求主知或抒情原則的典範化路線對新詩進入當代時間意識的影響結果。這些問題都促使臺灣五〇、六〇年代處在自由中國的詩人，在追求詩語言的藝術實踐過程，一開始都不是以絕對個體／主體視野下的自我意識啟動新詩的革命，而是交錯於歷史脈絡與個人脈絡的雙重對話中。

　　值得注意的是，臺灣五〇、六〇年代從新詩論戰逐漸啟動的現代詩運動，確實也激發臺灣現代主義的生成，以及新詩轉向現代詩的系譜演化。現代主義因之被視為對當時五四文化保守勢力、反共政治八股的文學現象反動，現代主義為個體所預留的孤獨、疏離精神也成為逃離政治現實的一個「心靈自由空間」，以此解釋臺灣雖無有生成現代主義的經濟條件，但有可資代替的類似條件，以致現代主義文學在臺灣六〇年代的「偶然」崛起。這個說法雖有從現象的歷史條件因果解釋臺灣現代主義的詮釋合理性，但是，卻忽略藝術自主性在詩人探

求詩語言之間所可能發揮的內在邏輯與潛力。

　　也就是說，臺灣五○、六○年代的現代詩運動現象，雖然有其特殊的歷史背景與條件，但也容易忽略真正來自文學內部運作邏輯與主控文學本身發展的藝術自主原則作用，以及藝術自主原則對於新詩演進為現代詩的必然發揮導引與交涉的作用。這個觀點提點出時代歷史的環境條件對於決定現代詩本身在「當代時間」的發展，並不是必然條件，而是充分條件。這個觀點也能為臺灣五○、六○年代雖然未能具備對應發展西方現代主義的客觀經濟社會背景，但卻能提供更清楚考察新詩朝向現代詩過程，對詩人與詩語言之間透過詩語言再現自我與世界的特殊性，並提供更合理解釋現代主義與主知原則在臺灣出現後、對新詩的詩語言美學表現與詩人創作主體意識產生的「現代」變化痕跡，以及臺灣五○、六○年代的文學當代條件如何對應現代主義文學的藝術自主性原則與邏輯，以至於新詩論戰過程中，新詩詩人不管傾向為藝術而藝術或為人生而藝術立場，詩人對「完成一首詩」到「一首詩的完成」過程所產生的共識與意識驅力，都開始出現不同於之前歷史對詩語言認知的質變現象。因此，詩人之於新詩、現代詩，對其之於詩語言之間的美學意識的轉化問題，都與詩人藝術自我、詩語言再現真實之間的複雜性，息息相關。

　　從歷史現實來說，臺灣五○、六○年代的現代詩運動啟動新詩／現代詩以反動之姿，漸漸進入當代文學體制的主流位置，新詩詩人相對於保守反對勢力，從拒絕沿襲五四新詩典範到要求詩人對詩語言的創作主導權，而在創新實踐的過程，如余光中回應言曦不同詩人都有其不同個體進路的接受或嘗試事實。然而，要求詩人個體並不能完全等同於現代文學的「自我主體」的藝術原則自主，古典詩的詩人也有詩人的個體與創作主體。為何臺灣五○、六○年代的現代詩運動中，對詩人在創作詩語言過程的自我主體來說，究竟造成甚麼樣堪稱美學

革命的影響？這個提問提供一個很好的思考切入點。臺灣五〇、六〇年代新詩論戰對現代詩運動所扮演的關鍵傳播作用，究竟是怎麼樣帶著詩人進入現代詩系譜的多重創作？

　　就臺灣五〇、六〇年代的新詩論戰來說，新詩詩人的努力，除了肯定新詩在文壇與社會發展的合法性外，往返論爭過程，新詩詩人肯定詩人之於詩語言創作的主權，以及不必因襲五四新詩典範的個體性／主體性價值，而極力力爭「當代」新詩的藝術自主精神。新詩詩人對當代新詩創作的自覺，以及透過新詩創作所實踐的藝術自我，都可以視為是詩人啟動自我意識的重要關鍵。「自我意識」價值正是現代主義文學的美學精神的實踐基礎。

　　西方現代主義的「自我意識」價值的建立，涉及個體對自我發展的認知與接受，可無關於歷史時間與現實空間脈絡積累的他者。因此，現代自我意識的本質涉及一種接受自我孤立（為自然原初）的斷裂性的精神樣態與暗示，相當不同於傳統脈絡上以各種關係所繫聯發展的個體意識。這種以斷裂為本質或邏輯的自我認知與精神形態，正是西方現代主義的現代性的最大特徵[19]。

　　不同於西方個體性與主體性的發展脈絡，臺灣五〇、六〇年代的政治社會現實條件下的個體自我，基本上是被傳統儒家倫理的文化社會角色與（國民黨）黨國國家體制的國民身分所優先規範。然而，現

19　浪漫主義所發生的現代性基本上只要求個體與主體性，強調主觀的精神可等同於客觀的內在認知覺醒但仍有整體的概念；現實（寫實）主義不再如古典主義或新古典主義者對神話與歷史的熱衷與靈感尋求，而是轉向直面現實或貼近自然的過程中發現美，並更強調現實層面的部分整體意義；印象主義或象徵主義則跳脫傳統自然寫真的準確性與立體感，而致力強調光線與色彩所形成的視覺效果；現代主義（特別是立體主義）的出現，大體宣告以典雅、和諧的美為特徵的西方傳統藝術的終結，也重新以徹底的反傳統姿態，改變原先對世界的看法。關於西方藝術史的流變可詳參：丁寧：《西方美術史的十五堂課》（臺北市：五南文化出版公司，2007年11月），頁341-519。

代主義的自我價值觀以「獨一無二的我」為自我身分建構的認知主軸，並對藝術家挑戰社會認知價值與規範，較易有相對寬容的自由尺度。

　　現代文學──特別是現代主義服膺「（獨一無二的）現代自我」藝術自主原則與其邏輯所建立的典範價值，之所以成為前現代進入現代的歷史時間發展的必然結果，其中一個重要的原因則在於現代主義又較浪漫主義之肯定個體／主體性文學價值、更激進指涉以自我發展為目的的現在（當下）／當代意識。現在（當下）／當代意識對詩語言的影響，不僅複雜化詩人對語言的主客體關係與再現世界的認知方式，也啟動詩人／詩語言以平行關係再現世界的理解可能，以致帶動詩人與詩語言在新詩範疇的雙重革命。

　　值得繼續觀察的是，臺灣五○、六○年代新詩走向現代詩的解放，並不專注於西方現代主義轉向自我主體意識的高度關注與肯定，也缺乏「獨一無二的自我」作為反動傳統美學典範的前衛精神；但正因為如此，詩人與新詩同謀共爭新文學的正統位置時，除了爭取大寫的藝術的我，也不能輕易忽略大寫的藝術的我所置身的歷史的民族文化與政治現實脈絡──在「新詩閒話論戰」中，新詩詩人對保守派質疑新詩無能代表（中華）民族與斷裂漢語文法的「標新立異」的西化，也謹慎處理新詩在縱的繼承與如何橫的移植的可能性問題，除此之外，更積極透過藝術自我的實踐取得體制發言位置。這些在論戰中往返交錯的回應，可以看到當時詩人對藝術自我與民族自我的雙重位置。

　　《創世紀》在當時雖然沒有直接加入新詩各階段論戰，但這群以年輕軍旅詩人為組成群體的詩社，從一開始創刊號提出的「新詩民族路線」，以及之後轉向超現實主義的詩論主張與詩語言藝術實踐，在紀弦祭出「現代派六大信條」之後，以更前衛之態繼續現代派運動，是為「後期現代派運動」[20]。值得注意的是，當洛夫、瘂弦等人以超

---

20 劉正忠：〈主知、超現實、現代派運動：臺灣1956-1969〉一文曾指出：「林亨泰曾將

現實主義詩論與詩語言實踐接續現代派的現代主義主張，紀弦反而積極以「自由詩」取消現代詩，並且疾呼現代主義所帶來的弊端，都可以看到臺灣現代主義對現代自我的啟動，都與西方現代主義的獨一無二的我的自我意識與前衛精神不同，而更傾向詩人自我與民族自我共存的雙主體自我意識的非典型現代主義思維原型[21]。洛夫在〈建立新民族詩型之芻議〉中定義的「新民族詩型」的意見，即可以看到藝術自我與民族自我共存的思維方式：

> 一、藝術的——非純理性之闡發，亦非純情緒之鋪陳，而是美學上的直覺的意象的表現，主張形象第一，意境至上。且必須是最純粹的、詩的，而不是散文的。乾乾淨淨、毫不蕪雜。

臺灣詩壇的『現代派運動』分為兩個時期：一九五六年元月由紀弦發起組織，提出「六大信條」，至一九五九年三月，《現代詩》季刊在出版了二十三期之後突然中斷，是為「前期現代派運動」。同年四月，《創世紀》十一期推出「革新擴版號」，延續現代派的創作精神，直到一九六九年一月，第二十九期出版之後，宣布停刊，是為「後期現代派運動」。前期以現代詩社為主軸，為期約三年；後期以創世紀詩社為重心，持續十年之久。《20世紀臺灣文學專題I：文學思潮與論戰》（臺北市：萬卷樓圖書公司，2006年9月），頁193。

21 解昆樺：《臺灣現代詩典律的建構與推移：以創世紀詩社與笠詩社為觀察核心》（臺北市：鷹漢文化，2004年7月）以創世紀與笠詩社為觀察核心，認為這兩個詩社可以代表臺灣現代詩對現代主義與現實主義典律的建構與推移。這個觀察來自從詩社宗旨與結社在歷史的總體發展現象得出的看法。但從藝術自主原則作為體制中美學典範建立與推移的一個重要發展觀點來看創世紀、笠詩社在臺灣現代詩史上的影響意義，反而可以更清楚看到這兩個詩社都有其接受現代主義的洗禮的事實，以及對現／當代時間感覺結構各自延伸出不同的詩語言藝術方法。也就是說，從歷史生成的角度重新考察創世紀與笠詩社的詩語言美學典範的建構過程，會發現笠詩社與三大詩社一樣，不僅僅有其接受詩人（個體／主體）自我與民族（歷史）自我的雙重主體意識的非典型西方現代主義的現代轉向，也有其不同於三大詩社接續五四中國至自由中國時期的美學典範系譜發展。

二、中國風、東方味的──運用中國語文之獨特性，以表現東
　方民族生活之特有情趣。中國人以自己的工具表達自己
　的思想與情感，用中國瓶裝中國酒，這是應該的也是當然
　的[22]。

　　藝術自我與民族自我追求的共存，一方面對新詩內部「縱的繼
承」或「橫的移植」論爭提出折衷的合理解決途徑，一方面也是擺脫
主知或抒情原則的二元對立思維，另闢主知或抒情之外、尋找其他可
能的表現方法。劉正忠認為：

（《創世紀》的詩人們）美學基礎的不足，確實是年輕的軍旅
詩人起步時最大的困境，他們對於西方文學現代流派認識有
限，只能從調和中西優點，折衷知性與感性等常識觀點立說。
不過，儘管檯面上《創世紀》不斷提倡新民族詩型，直到第十
期，仍然登載出張默的〈新民族詩型和特質〉。私底下，詩社
同仁正在努力接觸「波特萊爾以降」的新興流派。例如瘂弦的
〈詩人手札〉雖然發表於一九六○年，卻是前此數年讀書的菁
華。這時洛夫也正在學習外文，培養閱讀原典的能力。這種美
學基礎的準備與強化，奠立了《創世紀》的轉型契機[23]。

---

22 劉正忠：〈主知、超現實、現代派運動：臺灣1956-1969〉《20世紀臺灣文學專題I：
　文學思潮與論戰》（臺北市：萬卷樓圖書公司，2006年9月），頁193，原徵引自林亨
　泰：〈新詩的再革命〉（1988）《林亨泰全集》第五冊（彰化縣：縣立文化中心，
　1998年），頁5-6、可另參閱同書〈從八○年代回顧臺灣詩潮的演變〉（1990），頁76-
　116、〈現代派運動與我〉（1994），頁143-153。
23 劉正忠：〈主知、超現實、現代派運動：臺灣1956-1969〉《20世紀臺灣文學專題I：
　文學思潮與論戰》，頁207-208。

　　然而，如果從五○、六○年代新詩走向現代詩的解放觀點來看，會發現：藝術自我與民族自我共存的雙主體意識，不僅是當時詩人所無所避免的現實，其優序選擇，也成為詩人「選擇性」接受現代主義美學觀點與應用的發展基礎。另一個耐人尋味、且能提供的案例，就是紀弦在《創世紀》的超現實主義詩崛起後，開始主張放棄「現代詩」，而重新高舉「自由詩」現象。紀弦曾回顧自己參與的新詩革命的三個階段：自由詩運動、現代詩運動、古典化運動，古典化並非是古典主義化，而是要將現代詩成為「永久的東西」，不可止於「一時的流行」[24]。紀弦的主張可以說，紀弦要求的是以「自由詩」成為現代詩的美學形式典律；但最終，紀弦的古典化運動並未獲得成功。

　　紀弦所指涉新詩革命的三個階段時期，分別可對應到中國五四新詩時期、臺灣前期現代派運動、後期現代派運動，照紀弦自己的說法與臺灣現代詩運動運動的發展，古典化運動應該是總結自己所參與過的自由詩與現代詩運動，而傾向反對現代主義詩在歷史時間的繼續推進。紀弦的反對是有其道理，因為現代主義的「非傳統／反傳統的前衛性」，對於傳統的反抗，並不像之前的浪漫主義、現實主義、印象／象徵主義等對傳統藝術審美觀念的部分否定，而是以徹底的反動與斷裂傳統作為進化的驅動邏輯，甚至提出部分大於整體的價值觀，不僅對立於人的個體／主體為中心的再現世界觀，也對傳統的歷史時間意識與文明造成極大的破壞[25]。

24　紀弦：〈從自由詩的現代化到現代詩的古典化〉《現代詩導論（理論史料篇）》，頁23-29。

25　班雅明曾描述保羅・克利（Paul Klee）的「新天使」，畫的是一個天使正要從他入神地注視的事務旁離去。班雅明以這段隱喻提點出現代的歷史時間與其救贖難再的事實：「他凝視著前方，他的嘴微張，他的翅膀張開了。人們就是這樣描繪歷史天使的。他的臉朝著過去。在我們認為是一連串事件的地方，他看到的是一場單一的災難。這場災難堆積著屍骸，將它們拋棄在他的面前。天使想停下來喚醒死者，把

　　這意謂著西方現代主義所帶來的思維邏輯與以徹底破壞為前提的前衛性，不再只停留在反動的演化邏輯，而是繼續突破「現代」在歷史線性時間中既斷裂又推演的雙重存在現象，將現代的線性流動時間斷裂為一段、一段獨立存在的「當代」，即「現代」的斷裂化現象。「現代性」則是現代朝向當代的續斷裂時間意識，一方面將現代時間當下化，一方面又渴望當下的現在時間能成就永恆存在。這是現代主義相對於古典的永恆概念與藝術實踐[26]，即具創新、但也即具破壞的前衛性，作為現代主義文學的藝術衝動的推進力與求新求變的進步邏輯，現代主義帶來的美學典範是以自我否定作為自我創新的意識／精神革命。

　　《創世紀》年輕詩人放棄新民族詩型轉向挺進超現實主義的詩實踐，以及紀弦一改現代派成立初衷而回轉倡議自由詩，兩者之間分別以逆轉的戲劇化發展，提供一個我們可以重新思考臺灣五○、六○年代現代詩運動對藝術自我與民族自我所共構的「現代自我」的啟動線索，並且更能清楚看到白話文在中國五四時期的新詩系譜、臺灣五○、六○年代「自由中國」現代詩系譜的差異，以及白話在現代形式與歷史時間的推動力之下，兩者對於「現代化」與「現代性」的美學發展思維模式。

　　殘破的世界修補完整。可是從天堂吹來一陣風暴，它猛烈地吹擊著天使的翅膀，以致他再也無法把它們收攏。這暴風無可抗拒地把天使颳向他背對著的未來，而他面前的殘垣斷臂卻越推越高直逼天際。這場風暴就是我們所稱的進步。」班雅明：〈歷史哲學論綱〉，收錄於漢娜‧阿倫特編《啟迪：班雅明文選》（香港：牛津大學出版，1995年），頁253-254。

26 古典主義的審美觀念受到希臘哲學的影響，特別是來自柏拉圖而重視完美的形式與亞里斯多德而重視寫實的影響；新古典主義則相當重視形式的和諧平衡與內容的文學詮釋性；但現代主義則完全推翻、並終結古典主義與新古典主義的審美觀念。

第四章

「自由」形式與「詩人個體／主體／自我」、「語言本體」、「民族本位」共構的內容典範競逐

　　自一九五三年紀弦宣告「現代派」成立後，連續引發新詩詩人對新詩典範原則的討論，以及「象徵詩論戰」之後一致對抗保守文化勢力的質疑、「新詩閒話論戰」中接續來自各方立場更多的討論，進而帶動臺灣五〇、六〇年代的現代詩運動。不同流派的西方現代主義詩論與詩人也在此過程，漸次被引入臺灣詩壇，成為新詩詩人對詩語言創新的藝術實踐靈感。紀弦以主知的現代主義精神要求新詩「橫的移植」的典範化，啟動蘇雪林等保守文化勢力對五四象徵派詩人李金髮、戴望舒等過度西化質疑；西方自浪漫主義、象徵主義、現代主義等歷經百年多的發展歷史，被濃縮在臺灣五〇、六〇年代，也意外促成非西方典型發展的臺灣現代主義，影響臺灣「自由中國」脈絡的現代詩發展。

　　雖然根據陳千武的兩個球根說是透過紀弦延續五四的現代派源流[1]，但事實上，臺灣新詩在五〇、六〇年代演進為「現代詩」的過

1　臺灣現代詩的源流，論者多以為有二：一是紀弦從大陸帶來戴望舒、李金髮等人所提倡的現代派，而「它」主要來自法國象徵主義。二是跨越從日文到中文的語言障礙的吳瀛濤、林亨泰、錦連等臺籍詩人，特別是林亨泰所繼承自日本時期「風車詩社」的超現實主義。張雙英《二十世紀臺灣新詩史》（臺北市：五南文化出版公司，2006年8月），頁139。而紀弦自16歲即開始寫詩，辦詩刊；曾以筆名「路易士」活躍上海詩壇，來臺創辦《現代詩》季刊，組織「現代派」；並因提倡現代主

程，遠較中國五四新詩時期更加複雜，且更勝一籌地在臺灣文壇漸次開展，取得了現代文學類型發展的主流位置。各方勢力透過論戰與往返辯詰，新詩自一九二〇年代白話文運動、到三〇年代五四新文學、到一九五〇、六〇年代臺灣的自由中國，白話詩、新詩、自由詩、現代新詩、現代主義詩等新詩的「現代」化系譜，漸漸明朗。

　　臺灣五〇、六〇年代的新詩的「新」之變，來自其所接受西方現代主義為主的西化，不同於西方現代主義的自我意識中心的前衛性，而是以一種混合藝術自我與民族自我的雙主體的非（西方）典型「現代自我」模式進行。除此之外，以現代主義的理性精神為邏輯的主知原則，不僅僅只是徹底斷裂舊詩的抒情傳統，現代主義進入歷史時間的當代意識，也對詩人與詩語言之間的關係，產生了前所未有的思維變化——詩語言不再只是詩人個體或主體對世界的再現，而有其與世界真理共在的「詩的存有」的啟示被詩人所意識到。也就是說，詩人一旦完成了一首詩，一首詩就是一個完整的存在體，詩不再被當成是詩人的附屬物，而是有其表述的現象與精神的本體。現代詩人對「詩的存有」的「當代」意識，正是現象發現轉向存有發現的精彩實證，也回應了哲學家海德格提出的「語言作為我們的居所」的思維型態。

第一節　五四的新詩系譜與「白話」的「現代」語言形式發展

　　紀弦「現代派」與覃子豪等「藍星」詩人的主知與抒情之典範原則論爭，其關於「橫的移植」與「縱的繼承」主張背後所引發的西化問題，雖然引發出對五四新文學時期不同詩派之間的主張的意見論

義，發表六大信條，主張「橫的移植」與強調「知性」，而在臺灣新詩詩壇引起有名的「現代主義論戰」〉，張雙英：《二十世紀臺灣新詩史》，頁151。

評，但傳統文學中所樹立的古典詩典律的藝術形式與抒情傳統，在新詩詩人一致團結對外釋疑的回應中，也逐漸以對照組的方式，漸次釐清新詩在各階段發展的不同認知與目的，以及古典詩在線性歷史線性時間中朝向「建構典律」、而新詩朝向「典範轉移」、現代詩傾向「典範競逐」等不同的「進步」美學思維模式發展。因此，古典詩與新詩在線性時間中的發展思維相當不同：古典詩是以累進的方式不斷提出對「典律」的建議與修正，以至於「典律」的完成；新詩則恰巧相反，受到西化的影響，也開始接受近現代西方以反動精神不斷挑戰既有、並要求新典範的精神，從詩語言的形式現代化到意識內容的現代性。

自中國五四新詩到臺灣一九五〇、六〇「自由中國」的現代詩系譜的完成，可以看到新詩詩人在「當代」時間意識中不同程度與向度的發展，以致於「現代詩」從反動精神繼續接受現代主義理性精神啟蒙後的自我否定精神，造成美學典範以趨向不穩定的競逐關係，繼續發展——特別是透過不同詩論的接受，反映在詩語言的美學實踐。因此，比較五四新詩與臺灣五〇、六〇年代新詩各自的系譜化發展，可以更清楚對照出臺灣「自由中國」時期的新詩現代化與現代性發演化痕跡與美學意義。

首先，回顧一九一七年一月，胡適在《新青年》雜誌發表〈文學改良芻議〉，同年二月，陳獨秀發表《文學革命論》，五月、七月，劉半農緊接著分別發表〈我之文學改良觀〉、〈詩與小說精神上之革新〉，十月，胡適發表〈談新詩〉，並於一九二〇年出版中國現當代第一部白話新詩集《嘗試集》。初期白話新詩打破舊詩的格律原則與形式限制的規範，強調自由分行與口語節奏，但後來分化為自由詩與格律詩兩種不同創作思維的類型發展。

自由詩顧名思義，強調「自由」的形式，詩人不必被任何既有的詩的美學形式規範所限制，詩人可以自主判斷最適內容的形式美感；

而格律詩的美學經營近似舊詩的格律概念，要求整齊、對稱、均勻、平衡等美感原則。後來，白話新詩還有發展出以分段為概念的分段詩（即散文詩）。自由詩、格律詩、分段詩，可以視為新詩以白話作為改革舊詩的形式革命之後的發展實驗與美學形式系譜。因此，以白話作為中國新詩改革傳統／古典舊詩的「現代」語言形式，是五四新詩繼續發展的語言形式基礎與發展邏輯，而對於分行的自由詩、分段詩、格律詩等不同創新詩體來說，分行的自由詩成為五四新詩發展時期「最適發展」的美學形式。

這個事實現象提點出一個非常關鍵的問題：「白話」為什麼可以被視為是對舊詩改革的現代化形式？中國古典文學也一直有白話文學的發展系統，即使在韻文的系統裡，也有以類似白話概念的口語化的民間詩歌傳統，甚至有老嫗能懂的文人經典之作？但是，為何這些作品都沒有自然演繹出「現代化」的發展邏輯？而非得要等到分行的自由詩出現，才成為白話詩發展新詩的現代化形式？這兩個問題可以從「白話」的語言本質與歷史發展條件的關係，找出合理的解釋。

白話與文言不同。文言是屬於書寫文字，而白話是日常口語。中國古代基本上是採行言、文分離的語文政策，文字閱讀與書寫成為只有少數能接受教育的文人與貴族的菁英階層才能擁有的知識性技能，而口語則分散成不同區域的方言，「官話」則是菁英階層在正式或公開場合所使用的語言。所以，白話文運動的革命性在於打破言、文分離的社會慣行現象，並解放封建社會中政治與文化菁英階層對書寫文字與知識的控制權力；透過「以言統文」的一致性，推行白話文等於是以白話文重建一套「新」的知識系統，並間接廢除文言文的文化優位性與傳統知識霸權。白話文運動與緊接而來的五四新文學，基本上，都與取代晚清帝制中國的「新中國」的現代民族國家型態有關。

民族國家作為一種具有現代形式的想像共同體，以白話文作為新

中國與新文化的知識話語的建構基礎，相對於已經累積數千年的文言文傳統與其背後所承載的帝制中國的知識話語系統，白話文的可塑性都遠遠超過文言文。主要的原因則在於白話文的白話在漢語系統原是屬於說話的口語，而不是用來書寫作用的文字，強調的是即時、淺白、易懂、生活情境脈絡為主的表達與溝通作用。反之，適用於書寫性質的文言文，則是以精簡優化白話為目的，並在（撰寫）效益上要求承載最大化的敘述內容，如現象、情感與思想等。因此，文言文在前述的功能目的，是以承載自身極大化的表達內容，自然會演化一套較之（古典）白話更複雜、更精緻、更易於精簡保存與趨向穩定的文法結構與表達系統。但是，白話屬於說話功能的即時性，卻是文言文相對所較缺乏的功能。

這個優點使得白話文比文言文有更大的彈性與不需再轉化的接納能力，以及對於「當下」情境的適應性與掌握性。從這個觀點來看，白話文較之文言文更有承載「新」與「變」的發展向度的潛力。這個特質使得白話本身並不一定只能從古典白話的歷史累積資源或繼續發展下去，而在白話文運動、五四新文學運動之後，白話文取得建構新中國與新文化的知識話語與表述的語言形式之後，白話文的發展因西化／歐化語言與語法表述的影響，繼續發展成更複雜的現代漢語，五四時期的現代新詩即是詩人在西方語言／語境脈絡之下、所嘗試開發更具有現代意義的白話新詩。

以口語的白話文作為新中國與新文化知識建構的現代語言，白話新詩的嘗試挑戰了舊詩的基本規範，真正落實我手寫我口的主張。但是，挑戰並不代表可以更勝於舊詩所立下的美學規範與認知，一旦白話進入書寫文字的表達模式，仍必須發展出白話文自身的藝術性，或是達臻類型文學所要求的表達或美學條件，才能稱為是文學作品。再來，所有文學類型的發展都是敘述，白話文就像所有語言一樣，本身

即是敘述，被文字化後仍是敘述，只是白話不再只是停留在時間中不斷變化使用的聲音，而是將之漢字化，成為一套可定型於空間的文書視覺符號。

因此，白話文的問題不是不能成為新文學的基本語言形式，而是在歷史的推波助瀾下，進入了建設新中國、新文學的歷史大業，能夠發展出怎麼樣型態或特質或屬性的語言藝術性？而這個藝術性是否能與舊文學所累積的美學規範相匹敵？應該如何發展才能建立新的典範？這些都是新文學在當時所必須面對的歷史使命；白話新詩、自由詩、格律詩、分段詩、現代新詩則是當時文人作出的嘗試性貢獻。這些貢獻可以看到白話文從新詩演進為現代詩過程的創作思維，以及對不同語言資源在形式或內容的選擇性發展與達成的美學效應。

正如前述所言，白話新詩以「白話文」作為發展「新」詩的語言形式基礎，白話文只是在相對於傳統脈絡之下，取得了政治與社會性發展的主流話語的一席文學類型位置，並從「白話文」的形式革命，打破舊詩傳統與文化所累進的格律的創作規範權威。白話新詩在此階段的試驗，主要以「形式」的創新為主，而分行、分段所演繹的白話文本身的口語流動的自然節奏與抒情敘述，各自不同。但在藝術表現上，分行自由詩的白話新詩到底是「詩」、還是「歌」的疑慮，以及分段白話新詩狀似有詩意的散文譏諷，都可以看到白話新詩未有可達共識的美學藝術規範認知。

這兩種現象也可以看到白話新詩的初期發展，自由分行雖然以分行的形式保障詩應該要有的韻律節奏，但從白話直接變成文的原初表現，其藝術表現就只能侷限在口語流動所能捕捉到的美感經驗與表現內容，並未能看到更具可能性的詩藝術表現或美學效應；分段詩雖然以類散文的外在形式造成詩的整體視覺與聲音節奏的異質化美感，但詩意表現是否能在類散文的形式中突破散文敘述的美學表現，進而能

自立門戶，也有相當本質上的操作困難。這些侷限點出白話新詩的白話文形式革命並不是白話文本身，而是白話文在歷史時間演化過程的藝術可能性與典範的形成。一九二八年以後新月派提倡的格律詩，最終未能在歷史中取得發展的主導位置，則提供一個可資實證的參照說明。

格律派提倡的格律詩在外觀上，相當類似傳統典律詩的形式的美學典範，其藝術實踐可視為新詩的新古典主義化，要求字數與行數的工整，要求詩語言之間的音尺、音節的勻稱關係，並講究押韻。所不同的是，古典的典律詩的典律形成來自訴諸格律原則與創作經驗所累進的最適／最佳表現，進而形成詩本身的美學規範與普遍詩人所遵守的基本制式規定；但是，新月派的格律詩打破典律的普遍制式規定，將格律的主導權交回到每一個獨立個體的詩人，因此，詩人雖然被限制在工整的字數與句數的限制形式中，但卻可以自由決定詩語言的節奏與韻律的速度與表現方式。格律詩在整體表現上，即類似典律詩從格律限制中解放的白話文形式版本。格律詩的「豆腐乾」詩體所保留的類典律詩的視覺形式，以及根據白話文的口語特質與個體精神而來的更自由的詩語言節奏，很容易被視為古典詩去音律的典律規範之後的詩語言白話化。相較於同樣都有分行的自由詩，格律詩自我限制的美學形式，自由詩的詩語言因為不必在句式形式上自我限制，成為最多詩人採行或慣行的新詩詩體。自由詩可以說是白話新詩發展以來最重要的形式典範。

自由詩之所以成為白話新詩發展以來最重要的形式典範，主要的原因在於自由詩完全打破古典詩的典律所訂下的美學規範，讓詩語言不必在「完美均衡」的形式條件前提下完成內容。但是，對形式美學規範的完全解放，並不意謂著自由詩不重視形式上的美感表現，而是重新提出「以內容決定形式」的創作邏輯，取代典律背後「形式優先

於內容」的思維原則，讓詩人無須再服膺典律所訂出的統一形式美感，進而專注在詩主題的內容表現，而內容自然會帶出最適切的詩語言形式。白話文本身可自由流動的口語節奏與自然淺白的表達方式，對自由詩「以內容決定形式」的創作邏輯來說，是一種相當符合彼此對應發展的語言類型。

　　雖然，自由詩成為白話文最適發展的新詩形式，也成為新詩詩人最常、最為普遍使用的詩體，但是自由詩只以「分行」與「自由行數」完成新詩的「現代化形式」的美學典範，其「以內容決定形式」的形式從屬內容的邏輯，使得自由詩的內容基本上是朝向詩人創作詩與其過程開放。這個過程來自詩人與詩語言之間的角力，而詩人與詩語言之間的角力屬於藝術探詢與表現的問題，而藝術探詢與表現問題又是屬於歷史發展的問題。因此，白話文作為新詩的現代語言形式，到底應該可以有怎麼樣的相關於現代的內容，是內容的現代化表現？還是內容本身的現代精神與表現？這是兩種完全不同的發展思維，留下一個新詩內容與詩人的歷史時間意識之間的邏輯演化問題：新詩的發展原則是導向縱的繼承？還是橫的移植？如果是在縱的繼承的歷史時間意識中，詩語言的內容實踐會選擇怎樣的現代白話文表現？又如果是在橫的移植的歷史時間意識中，詩語言的內容實踐又會有如何的現代啟發？

　　從前述的提問來看，縱的繼承或橫的移植，其所含攝的內容與詩人發展自我意識的歷史脈絡息息相關，而內容的實踐則與詩人對甚麼才是「現代的表現」認知有關。這兩個向度分別與詩人本身的現代自我建構、詩語言承載內容的表現方式有密切相關，而這兩者是一種互動關係，影響「白話文」作為一種標示「現代」的語言，也會因為內容的承載變化而尋求更適切的表現方式。因此，自由詩之所以能作為新詩最適發展的現代形式典範，也與其「內容即形式」在歷史時間可

以繼續保持演化的能動力有關。

　　從這個觀點來檢視中國五四時期到臺灣自由中國時期的新詩演變，可以追蹤西方現代思潮進入新詩歷史之後，浪漫主義、現實主義、象徵主義、現代主義流派在不同歷史環境條件下所演化的既延續又斷裂的歷史痕跡[2]。就五四中國時期與臺灣自由中國時期的比較來看，浪漫主義與象徵主義的影響是繼自由詩取得現代形式的美學典範之後，開始爭取「內容」該如何現代、怎樣現代的重要表現方法，現代主義則是接續浪漫主義與象徵主義之後最重要的當代思潮。這些來自西方的各個時期的「現代」思潮，在不同的歷史時空環境與條件下，經過詩人的選擇性的接受與修正，轉化成非西方典型模式的方式，促使新詩的現代化與現代性的發生。因此，透過簡化的西方現代思潮發展為對照座標，可以更輕易為現代詩系譜的演繹發展做出基本定義。

　　從現代西方各個時期的「現代」思潮來看，可以歸納出理性革命、工業革命、法國大革命等事件發生對歐洲產生劇烈現象與本質變化的之後時間意識，以及促成當時重要的革命性思想發生、包括十八世紀後期到十九世紀中葉的浪漫主義、十九世紀的現實主義、起自一八六○年代巴黎的印象主義而後影響文學的象徵主義（現代主義的前身）、二十世紀全面反抗與否定傳統的現代主義等。這些整整在西方發展近兩百年歷史時間的不同階段所演化的反動精神的思潮，都成為新詩接受「西化／歐化」的啟發資源與嘗試轉化的實驗對象。

2　從這個論述架構去檢視臺灣現當代文學類型的現代演化，可以看到美學典範的形成
　　從來就不是二元對立，而是有其內部性的藝術自主原則在歷史時間的演進邏輯，並
　　在不同的歷史條件下有其彼此消長現象，甚至發生典範的轉移或推移現象。不同的
　　美學典範在臺灣發展的過程也是傾向同時共在。相較古典文學在歷史時間不斷演化
　　發展而終至典律形成的穩定性，現代文學中的美學典範更具不穩定的彼此競逐關
　　係，以及持續因不同歷史社會條件而引發的競逐性。

　　一般來說，未受到太多西化思想影響、僅僅只是以白話文作為現代語言形式的新詩可以類歸為白話新詩，而受到浪漫主義、現實主義、象徵主義等西方資源所影響的白話文，則可被視為是現代漢語，現代漢語可以說是白話文的歐化／西化結果，使用現代漢語或受到浪漫主義、現實主義、象徵主義等西方文學藝術資源所影響的新詩則是現代新詩，現代主義因其全面否定傳統的斷裂性而獨立為現代主義詩[3]。

　　因此，從白話文啟動新詩的現代語言形式以來，分行與自由行數的自由詩接著取得最重要的現代詩的美學形式典範為發展歷程，提點出新詩從形式到內容的如何現代、怎麼現代的審美接受問題，成為新詩進入歷史時間的演化邏輯。從這個演化邏輯觀察現代詩系譜的形成，會發現白話詩、自由詩、格律詩、現代新詩、現代主義詩（包括反現代主義的後現代主義詩）等的出現，以及漸進完整建構出現代詩的系譜，都不是歷史的偶然，而這些現象都與白話文進入新文學發展的（進步的現代）歷史時間所啟動的藝術自主原則與邏輯運作，緊密相關。

第二節　新詩走向現代詩系譜的自由詩形式與藝術自我、民族自我雙主體的現代自我

　　新詩進入現代歷史時間進程中的現代演化過程，從白話文的語言形式啟動對舊詩的革命，自由詩、格律詩、分段詩的形式競爭中，自由詩取得了形式美學的最適典範位置；但自由詩的「內容即形式」的

3　現代主義藝術是一個比較駁雜的概念，它們之所以被認定為一個整體，無非是它們的非傳統性……在對於傳統的反抗與否定中，……以達達主義為例，它與破壞為己任，自然是全盤否定傳統……與印象主義、象徵主義、野獸主義針對某些傳統的某些造型審美觀念，仍有本質上的不同。丁寧：《西方美術史的十五堂課》，頁464。

思維邏輯，也開啟五四後續歷史尚未完成的西化／歐化與內容美學典範建構之間的問題；直到臺灣一九五〇、六〇年代自由中國的文學雜誌新詩論戰、現代派論戰、新詩閒話論戰等階段的歷史時間的累進，才清楚看到臺灣現代詩溯源的其一球根的中國脈絡，是如何從新詩漸次發展出現代詩的系譜。現代詩論戰最重要的兩個問題——橫的移植或縱的繼承、抒情或主知的原則之爭，引出傳統文化勢力的五四保守立場，以及白話文作為現代語言形式之後的新詩或現代詩路線的分歧。

雙方釋出對詩語言的理解與意見立場，將五四現代新詩發展的西化（即陌生化）接受問題，更具體地呈現為詩人主導或大眾主導的優位問題，而詩人主導或大眾主導的優位問題背後所涉及的詩人個體或群體價值邏輯，除了延續五四時期文人對「為藝術而藝術」、「為人生而藝術」的價值爭辯外，也提點出詩人在臺灣五〇、六〇年代反共歷史環境與體制條件限制中，詩人對藝術自我與民族自我脈絡共存的現代自我主體意識，以及兩種自我主體的優位排序問題。現代主義精神與各流派詩論的接受，成為現代新詩繼續推進、出現現代主義詩的過程，也同時影響詩人對於兩種主體意識的安頓。

另一方面，西方現代主義的現代自我意識取代個體／主體所帶來更激進的現代時間的斷裂化與當代時間意識，也持續在未來的歷史時間中發揮潛在效應，影響現代主義詩的美學典範革命的探求。紀弦對新詩再革命的現代詩古典化主張與洛夫等年輕詩人透過《創世紀》提出的超現實詩，形成後期現代派運動兩股彼此抗拒的對立立場。紀弦以回歸自由詩，要求作為新詩的古典主義化，可以看到紀弦強烈主張以自由詩為新詩的美學形式典律的企圖。然而，洛夫、瘂弦等《創世紀》詩人卻高舉超現實主義的新藝術實踐，成為六〇年代最具代表性的現代主義詩類型，並成為當代歷史時間中繼續推進的內容美學典範革命。一九五九年之後展開的後期現代派運動中同時存在的逆反與前

進兩股勢力,可以視為是一個觀察現代主義思維如何進入臺灣現代詩發展歷史的關鍵事件[4]。

回顧紀弦的「現代派」主張。紀弦提出「現代派六大信條」與「現代派釋義」,提出現代詩的本質是「詩想」,而不是「詩情」,而且應該以法國波特萊爾以降的現代詩為進步的典範;後來具體以「新詩再革命的三階段」總結自己的現代派發展主張,並以「大植物園主義」修正過去的主張:

> 第一階段為「自由詩運動」,主要內涵為新詩應改革傳統的格律詩,用散文的方式來寫;第二階段為「自由詩的現代化」,也就是「現代詩運動」,走向「主知」及「詩想」的道路;第三階段為「現代詩的古典化」,希望創造出新詩的典範。
>
> 談紀弦的詩論,不能不提到他的「大植物園主義」,因這是他後來對自己從前的詩主張之修正。所謂的「大植物園主義」,就是指在文學植物園哩,並不可能只有一種花,一種樹木,它應該讓所有的花卉與植物都能夠在園子裡共存共榮。換言之,理想的詩的世界也應該容納各式各樣的詩歌主張與觀點[5]。

紀弦的詩論主張從高舉現代主義大旗與要求橫的移植到大植物園主義,歷經自由詩、自由詩的現代化、現代詩的古典化三個階段,很清楚可以看到紀弦之所以回頭修正自己的詩論,除了發現現代主義詩的弊病,也可以看到他極力以「自由詩的現代化」結果作為現代詩的

---

4 林亨泰可以說是一九五六年代現代詩運動中對現代主義體會最深、且也是實踐最遠的一位詩人,但很可惜,林亨泰的重要性在當時一直被嚴重低估。

5 陳玉玲:〈紀弦與《現代詩》詩刊的研究〉,《臺灣文學觀察雜誌》第4期(1991年11月),頁17-19,張雙英:《二十世紀臺灣新詩史》,頁152。

最終典範的原則企圖（即典律化），以阻止現代主義對現代詩的深化影響，而他的「大植物園主義」則是「自由詩的現代化」作為現代詩典範的實踐結果。紀弦雖然沒有特別解釋為何是自由詩的現代化——而非現代主義詩——才能創造現代詩的大植物園，但從他多元的創作題材與抒情、主知兼容並蓄的個人風格，可以發現這是來自他創作的實踐經驗。然而，紀弦所追求的「自由詩的現代化」典律原則與創世紀詩人主張的「理性的超現實主義」典範為何會有衝突？也相當值得進一步觀察。

回到自由詩「內容即形式」特質所造成的開放性來說，自由詩之所以如此自由的原因，即在於分行、自由行數作為新詩的現代化形式並不會影響內容，形式與內容兩者之間的對應性只有表現問題。也就是說，詩人選擇自由詩形式創作，只需要考慮內容與詩語言表現之間的最適性與最優化，完全不必被詩體的形式或任何詩律限制。但是，另一方面來說，自由詩雖然取得新詩的「現代」美學形式典範，但其可隨著內容更易調整的自由開放精神，促使自由詩本身的詩語言內容的美學典範化有其難以被單一或權威化的藝術本質，因為不同的主題內容本來就可以有不同的表現方法。

至於不同表現方法的優劣問題則是涉及價值與藝術品味的選擇與判斷，與典範化無直接關係，但是，不同表現方法的接受與否，與典範的主流化有相當密切的關係，也涉及典範之間的轉移／推移問題。從這個觀點來看現代詩系譜漸進形成過程，浪漫主義、象徵主義、現代主義（甚至未來歷史時間出現的後現代主義）都可視為是自由詩的美學形式典範化後所保障的內容表現。然而，一旦「現代詩的古典化」被接受，當代西方的現代主義則被排除在競逐關係中，而使得中國五四新詩時期即形成典範的浪漫主義、象徵主義成為「橫的移植」的開發資源。這個結果將導致西方現代主義的當代前衛性被拒絕，很

可能延緩現代主義在臺灣六〇年代之後對藝術自主原則的普化影響與接受速度，因為西方現代主義與浪漫主義、象徵主義對於形塑現代自我精神的前衛程度，基本上仍有所不同。

從美學內容所涉及的「表現即精神」的觀點來看，浪漫主義、象徵主義、現代主義的詩語言表現都有其所相關涉及的現代／當代精神，這些現代／當代精神也都能在各自的內容脈絡中形塑現代詩的不同樣貌、風格。現代詩的內容與舊詩最大的不同就是展現所謂的「現代自我」精神。因此，現代自我的表現與精神不只構成現代詩的主要內容，而浪漫主義、象徵主義、現代主義對於詩人掌握現代自我的詩語言表現，也是有著不同的精神氣質。

西方現代主義作為二十世紀初最前衛的藝術精神，其精神氣質顯然是不同於十八世紀到十九世紀的前衛性。在現代派詩論戰中，紀弦的主知原則與覃子豪的抒情原則之所以如此關鍵的原因，則是因為兩者的爭論涉及到是否繼續接受新的西化資源的現代主義的典範轉移，抑或是持續保持中國五四時期以來所接受的浪漫主義、象徵主義等西化資源典範的表現方式[6]。現代主義作為接續浪漫主義、象徵主義等內容美學典範之後的新典範，現代主義的斷裂性究竟造成怎麼樣的美學革命？這個問題可以從西方浪漫主義、象徵主義、現代主義對於現代自我的結構演化，以及對照新詩繼續進入臺灣「自由中國」的建國體制之後的「現代自我」競逐，找出答案。

浪漫主義源起十八世紀末至十九世紀的西歐世界，並不完全是非常具體的文藝表現上面的技法，而是一種衝破文化專制束縛的思想傾

6　另一個現實主義的白話新詩典範則是透過張我軍《亂都之戀》在臺灣展開。張我軍受到中國五四新文學的啟蒙，嘗試以白話文創作新詩，同樣使用白話文，其透過五四所吸收的現實加浪漫的新詩敘事，卻成為完全不同中國五四新詩的抒情創作典型。

向[7]，其概念在不同的歷史時間有不同的演化，最後與歐洲文化聯繫起來，而被賦予與古典的（Klassisch）概念相提並論，甚至成為新的思想、藝術形式與見解的容器，乃至兼具浪漫與現代元素的藝術[8]。根據舒爾慈的看法，歐洲浪漫文化吸收轉化、融會貫通中世紀以來歐洲國家的基督信仰文化，後來在啟蒙運動的啟迪之下，醞釀為勇於打破藝術傳統形式、強調個人表現的運動，源起德國，跨越德意志疆界，遍傳歐洲其他民族與地區，成為西方形塑「現代」思維模式的典範轉移的重要思潮[9]。值得注意的是，德國浪漫主義中的人觀與民族文化認同的共在形成的「鄉土」脈絡，其思想資源來自德國觀念論，包括康德的先驗哲學、費希特的知識學、謝林的同一哲學、黑格爾在歷史中形成的精神現象學[10]。

德國浪漫主義一方面吸收德國觀念論中的理性主體，並作為概念發展自由與獨立價值的人觀思想基礎；一方面又從自然田園的鄉土尋求精神獨立的資源，作為標幟（德意志）民族文化的特殊性。「浪

---

7 《浪漫主義——歐洲浪漫主義的源流、概念與發展》（臺中市：晨星出版社，2007年3月），頁10。

8 浪漫概念的通用釋源與聖城羅馬有直接相關，最早語源於古法語romanz，為羅馬語族的字根，有別於知識傳遞語言的拉丁語，而與古代希臘、羅馬文化對立相反，最後成為其真正意涵。中世紀時，透過這種語言創作普羅旺斯的詩體與散文故事的騎士冒險故事，形成特殊文學類型「浪漫故事」（Romanzen）；一六五〇年英國人貝利（Thomas Baily）首度使用「romantick」形容詞，用來表示「彷彿小說般」的意思，也就是富於想像、驚險刺激、無中生有，因此也就有了虛構之意，這個說法並不具讚賞，反而有批評的意味。同前註，頁16-19。

9 同前註，頁29-42。

10 回歸人本身，界定了人類知識的極限，憑著自身行為的負責感和作為能思維判斷的萬物之靈，宣告了精神主體的自由，預設了種種自由的結果：無所不能的優越感和孤立無援的無助感，因為除了主體之外，再沒有其他的裁奪機制。認識論將人的自我（Ich）界定為具有創造性，能透過思維來確證絕對的事物，使理念跨越有限的小我而進入無限。同前註，頁49。

漫」作為一種肯定與界定「我」的精神表現，成為歐洲當時取代中世紀基督教勢力的「世界文化」，也為歐洲各語系地區新興的民族國家的政治實體，提供民族自我認同的內部文化運作基礎。但是，歐洲的浪漫主義作為一種藝術運動與時代反動力量，真正最重要的影響在於高度肯定自由與心靈想像的創造力量[11]。浪漫主義的藝術實踐促使文人不再遵循古典主義的典範美學標準，而轉向更多重視個人對內心世界的探索，並勇於接納與追求「不合常規」的事物。「象徵」是浪漫主義藝術常見的表現手法。

　　從上述歐洲浪漫主義的相關敘述，可以發現德國浪漫主義對歐洲各民族追求自我的影響，以及藝術創作個體投射情感表現價值的啟發。浪漫主義對整體的抽象概念——包括民族國家與個體——兩種發展向度的自由精神表現的重視與讚揚，以及挑戰古典主義受到希臘形上哲學的形式表現思維，轉向重視「主體」的精神與情感。從藝術氣質與認知接受來說，浪漫主義是所有西化的思想資源中最接近中國個體抒情傳統的文學表現方式[12]。不過，兩者還是有些許的不同。中國個體抒情傳統是涉及傳統主流文化脈絡（儒釋道）的個體／主體在公

---

11 浪漫主義作為十八世紀歐洲的時代文化，不僅有助於歐洲民族國家的興起，也順勢與帝國主義連結，鼓勵海外冒險事業與勢力拓展的社會氛圍。但整體而言，浪漫主義只是作為發展民族主義的一個歷史時代精神資源，並未被納攝到建構民族國家的文化建設工程，其發揮前衛的革命性還是在藝術文化領域，非常不同於五四以來的左翼新中國脈絡的革命文學或是右翼新中國的民族文學利用浪漫主義所形成的美學典範。關於浪漫主義與左翼革命文學的關係，詳閱：王德威：〈革命加浪漫〉，《歷史與怪獸》（臺北市：麥田出版社，2004年），頁19-96。

12 中國詩歌中也有以具象之物比擬內在情思的「興」與「比」手法，可以視為是中國式的「象徵」表現，但與西方浪漫主義將精神具象化的「象徵」，相當不同。中國的象徵傾向於客觀世界與主觀精神的對等，但是，西方的象徵則開始逆反世界的「真實」的認知傾向，並傾向將精神的主觀世界的內在真實凌駕客觀世界，而強調想像力的具象化與創作思維模式。

與私領域的個人與人格藝術氣質表現，而西方的個體概念傾向於個人的整體，包括身心靈等各方面的整全的人，主體概念則是意識到自我存在的個體精神，強調人的精神自主面向，並以此作為人的價值的基礎。

　　浪漫主義對五四新文學所產生的影響，在小說的敘事層面，形成革命行動與創作欲望互為驅動作家主體的時代精神與力量[13]，新詩的整體表現不如小說，反而是在臺灣五〇、六〇年代的自由中國時期，新詩進入反共文學體制後，反共詩因詩本身抒情性的侷限，以及敘事性功能不如小說等限制，並未能發揮政治文學所需要的傳播效能；新詩在反共文學體制中的非主流文學類型，反而為新詩預留更彈性的民間支流空間，以及外省籍與本省籍詩人除維持個人創作實踐，也開始因詩社而有交流影響。另一方面，文學雜誌與報刊為各階段新詩論爭提供發表意見、創作交流的公共空間，而成為新詩發展文學公共領域與公共性的重要基礎，進而在反共文學建國工程中，開始累積可以從邊緣移動到主流位置的能量。

　　再回到浪漫主義與象徵主義交涉的脈絡中，臺灣五〇、六〇年代自由中國的新詩，特別是「藍星」詩人透過抒情原則與縱的繼承的主張，來自浪漫主義的啟迪又較中國五四新詩時代走得更遠，而能更深化為一種詩人對藝術自我覺醒的主體意識，並以此接續民族文化自我探詢與古典抒情傳統，將傳統的古典轉化為現代人的理解與情思表現，並利用象徵主義的藝術技巧，創造出相當優秀的古典現代詩。因此，也完全發展出一條完全不同於西方浪漫主義到象徵主義的歷史演進與實踐理解。

　　以西方為一種對照的陳述觀點。文學的象徵主義源於法國詩人波

13　同註12。

特萊爾的《惡之花》。《惡之花》是波特萊爾用象徵手法捕捉巴黎的城市印象的詩集，不同於浪漫主義時代使用的對比矛盾的象徵技巧。浪漫主義時期有價值的想像語言都不是現成、一目了然，而是將觀照、意識到歷史情境的想像，透過形象語言中所涵蓋對比對立意義的曖昧性，模擬兩可地顯示在來自自然歷史宗教的隱喻方式，而個別藝術家也不是隨即可等同於它本身的想像產物[14]。但是，波特萊爾的詩語言的象徵指涉，卻只是那一霎那間、瞬間即消逝的「印象感覺」；班雅明《迎向靈光消失的年代》指出相機的複製技術讓傳統的古典主義的複製自然的形式藝術與藝術觀點就此隱退，走入了歷史，因為相機的科技將客觀對象物的瞬間得以停格、複製，攝影的新型的時代藝術就此誕生；波特萊爾的詩語言的現代性特質，正是將這種瞬間消逝的「當下」時間，以「印象」方式表達出來。象徵派詩人的印象對比與浪漫詩人的脈絡對比，在時間中產生的意義是完全不一樣的。

因此，西方象徵派詩人為了表現「當下」在時間中的斷裂與其間稍縱即逝的意識感覺，不可能使用正常的文法結構，也不可能使用浪漫派的聯想或想像方式，而必須用更晦暗、更怪異（陌生化）的語詞表達技巧，才能創造出意識感覺的瞬間印象。如此，從書寫者「我」與其所意識到的時間的關係來看，時間意識的改變，也會影響「我」對自我的存在與存有的理解方式。相對於浪漫派詩人在連續時間的脈

---

14 一七九八年大施勒格爾論《哲學藝術學》，其中談到現代的也就是浪漫的、抒情詩的型態，如古敘事民謠中看到對古代頌詩的反省，在法國詩歌中看到無窮盡的奮鬥和在浪漫愛情中的矛盾」之反省，在此他還附帶一句具有洞見的話：「浪漫元素存在對比」……指出一八〇〇年左右許多有關現象，以及界定簡中的原創性與現代性。這本身不是自發，而是種種觀照的、意識歷史情境並從中產生的想像。其中所顯示在其形象語言的曖昧，同時涵蓋種種對比的意義與價值，以及來自自然、歷史、宗教的隱喻方式，決定了浪漫想像的價值。在浪漫主義脈絡中，個別藝術家不是隨即可等同於他本身的想像產物。葛哈特·舒爾慈：《浪漫主義：歐洲浪漫主義的源流、概念與發展》，頁101-103。

絡意識的精神主體表述，象徵派詩人所極力捕捉的當下時間的感覺
我，將精神主體又更細緻而動態地裂分為「正在感覺的意識我」，而
意識自我的存在的重要性，正式宣告精神主體表述的前現代退位，現
代藝術的前衛性將由現代自我的現代性價值揭開序幕。

在象徵派論戰階段，蘇雪林與覃子豪對李金髮的討論分別集中在
「不合文法」與「曖昧表達形式」的往返論爭，可以看到兩人的關注
都不在於象徵詩派所觸及到的現代性的時間感覺問題與感覺方式：蘇
雪林的保守在於以典律形式限制新詩探索新的現代精神內容；反之，
覃子豪雖然未能清楚理解掌握象徵派詩人對「現代」的時間意識感覺
的捕捉，但是，詩人仍敏銳地察覺到象徵派詩語言的曖昧的意義——
「那就是他們消滅了語言在傳統上所留下的習慣，表現了古典主義和
浪漫主義無法表現出的東西」[15]。

然而，覃子豪與蘇雪林彼此對立意見所針對的新詩的「現代表
達」，以及詩人對詩語言的主導權問題，對於考察自由詩成為形式的
美學典範、對於內容開放後的「可能進步性」，分別留下非常有貢獻
的兩條線索：一、指向「詩人自我的精神表現與傳達」，詩語言的難
懂正在於詩人以一種曖昧與模擬兩可的語言表現對應他所捕捉到（一
般大眾還尚未察覺到）的（未來即將到來）時代精神，而這種反動的
進步性是建立在詩人的藝術自我表現與對純粹性的真理追求；二、指

---

15 覃子豪：〈簡論馬拉美、徐志摩、李金髮及其他——再致蘇雪林先生〉，頁14。
　　覃子豪在分析中也隱約發現象徵詩派詩人的詩語言表現，與中國抒情傳統之下的象
　　徵詩語言藝術，有著不一樣的氣質。雖然不清楚是否成為他後來並不排斥西方主知
　　精神處裡詩語言的原則，但覃子豪對象徵派詩人創新詩語言、傳達出傳統詩語言所
　　無法表現出的捕捉世界現象本質的體會，一定很深刻。覃子豪在晚年以佛理入詩的
　　進路，雖然不同於西方現代主義追求／或洞察真理的遊戲（即純粹自由）精神，但
　　以詩語言探問世界真理的存在，而讓詩人的語言進入了詩的存有空間，倒是有異曲
　　同工之妙。

向「世代群眾的精神表現與被理解」，詩語言的藝術價值是訴諸民族與歷史，並不是詩人自我的意識感受而已，詩人必須對嚴肅的他者（如民族、社會、歷史、文化等）負責，並能繼續為讀者傳達或延續帶有歷史感或使命感的藝術真理。

　　覃子豪與蘇雪林在當時論戰所留下的歷史意義，並不止於代表新文學與保守文化的勢力之爭，而是反映出支持兩人理念不同、選擇不同的文學價值的選擇：一是選擇詩人個體／主體／意識自我為主體的藝術自我價值；一是選擇民族（傾向歷史／文化／社會面向的使命）為主體的藝術自我價值。這兩種藝術自我價值發展的主體意識基本上是一種可共在的狀況，在「現代」的線性歷史時間與進步邏輯的驅動下，都各自有其朝向現代進化、甚至彼此啟發演繹交融的命運之譜，在不同階段社會條件與歷史時機的促發引爆，選擇最適表現精神的美學藝術觀，並形成所謂的典範[16]。

　　「創世紀」詩社在一九五九年十月和一九六○年二月出版的第十

---

16 一九六○年中期之後至七○年代，現實主義繼現代主義而蓄勢待發，以及之後歷經臺灣與中國的歷史自我、文化自我、政治自我認同的對立，都可以看成是民族自我優先藝術自我的現代主體的歷史發展主軸，而至八○年代之後，現代主義文學創作也朝向菁英與中產階級品味（甚至混合兩種）模式繼續推進。九○年代之後，現代主義或標幟其他主義的文學也虎視眈眈。另外，回顧五○、六○年代的新詩論戰，蘇雪林保守勢力的失敗、與紀弦欲廢除現代詩的失敗，都可被視為是現代詩歷史發展的必然性。正如標幟西方現代主義藝術精神的立體派的畢卡索宣言：「就讓優雅消失吧！」西方現代主義進入臺灣現當代文學之後、漸次被選擇性的接受而美學典範化的過程，也或多或少仍保留創作者對自我反動的前衛精神，並將形式革命的前衛性慢慢影響內容的精神氣質表現。現代主義最讓人觸目驚心的反動精神，正是在動態的時間歷程中不斷消滅所有過時的美學典範的欲望！這是現代主義在歷史演化過程最迷人、也最可怕的自我創造與自我毀滅同時共在進行的精神衝動原型。作為現代主義藝術原創始祖的畢卡索的宣言，就像歷史所有的先知一樣，預告現代主義的時代命運軌跡：迎接現代主義的到來，其實就是接受一個不再有典律的新時代！（另一個歷史的可能就是現代主義精神被大眾化與世俗化之後，所迎接重新選擇／或不自覺被馴化服膺權力邏輯為中心的菁英世代與消費美學階層到來。）

三、十四期，分別刊登〈五年之後〉、〈第二階段〉文章，一方面檢討
五〇年代的臺灣新詩和《創世紀》走向，二方面提出現代詩人應以實
驗精神來創作的主張，並宣告詩社的新方向：新詩的目的並非是要去
挖掘事物的原有本相，而是要呈現出隱藏在事物背後的意涵，以「表
現自我」的精神為根基，以「世界性」、「超現實性」、「獨創性」、「純
粹性」為詩觀[17]。《創世紀》的宣言與號召，預告臺灣現代主義詩紀元
的到來，紀弦對「創世紀」超現實主義詩實踐的保守反動，並未能成
功阻止現代主義繼續深化現代詩在歷史時間進程的推進。但是，紀弦
的「大植物園主義」與他希望創造的新詩典範是否已經成功出現？歷
史確實給出了答案：自由詩在中國五四時期已經取得了現代詩系譜中
的最適形式的美學典範，而自由詩「內容即形式」的特質，創造出自
由詩在歷史時間持續開放內容的新的表現與精神；這個開放性促成自
由詩以分行的自由行數作為新詩的一種現代化形式，可以透過內容
「表現即精神」的探求，不斷演化或多重演化，即使在歷史時間的推
移中持續發生典範的轉移，但現代詩系譜在歷史時間演進的痕跡，以
及內容的表現精神的嘗試與接受過程留下浪漫主義、象徵主義、現實
主義、現代主義等不同西方文學藝術的典範，仍是共在[18]。

　　《創世紀》以超現實主義詩論持續推進現代派的後期新詩革命，
雖然成功促使超現實主義成為現代主義的典範代表，但對比五〇年代
初期真正能徹底實踐「現代派」的現代主義詩人林亨泰，林亨泰以立
體主義為核心的現代主義詩觀與詩實踐，顯然被嚴重低估。林亨泰所

---

17 張雙英：《二十世紀臺灣新詩史》，頁227-228。

18 這可以解釋雖然詩人有其主義或詩論的傾向主張，但在創作現象上，詩人還是維持
　自由運用不同美學典範創作，如紀弦雖少有現代主義詩作，但持續都有格律詩、抒
　情的自由詩等不同形式美學典範類型的創作；余光中、楊牧以現代表現詮釋古典內
　容的新詩；洛夫四個階段的不同表現等。張雙英：《二十世紀臺灣新詩史》，頁229-
　231。

代表的立體主義精神在當時為何不能像超現實主義一樣取得發展現代主義的代表典範地位？而主張理性的超現實主義卻可以達成？詩人林亨泰的重要性在當時被低估的現象，除了顯示他的超越時代的前衛性，也可以重新對比臺灣現代詩系譜其一之中國球根對現代化與現代性接受的美學軌跡，找出合理的解釋。

第三節　現代主義的自我創造與顛覆革命──符號詩的形式美學異端、超現實主義的精神現代性、詩的存有

　　論及臺灣現代詩的源流，林亨泰被視為是繼承日本時期「風車詩社」的「超現實主義」的源流之一，相對於紀弦從大陸帶來戴望舒、李金髮等人所提倡的現代派[19]。林亨泰曾參與現代派，也曾加入新詩論戰，是當時論戰詩人中、對世界性現代主義有最深了解的一位。但是，林亨泰的詩論與詩實踐不被重視，因此，也未曾引起廣泛或高度重視的討論[20]。林亨泰在五〇年代後期曾明確指出「現代主義即中國

---

19 張雙英：《二十世紀臺灣新詩史》，頁139。

20 林亨泰在現代派論戰時未曾引起重視與討論，但立體主義與符號詩／圖像詩的藝術實踐卻是西化美學典範接受，相對評價最低之一。如覃子豪在〈現代中國新詩的特質〉的批評：「有不少的作者，曾努力在抽象是借去尋求一個理念的世界，但其努力並未獲得結果，只表現在現實世界中一些零碎的感覺。並未發現作者所要尋獲的東西。因而，有不少的詩、圖在語言技巧上又意越出常規之外，並找不出任何屬於創造的特點。以『幻想』代替『意象』的作品，尤為普遍。這正是目前詩壇的隱憂。」《文學雜誌》第7卷第2期（1959年10月），頁29-30。又如孔東方：〈新詩的質疑〉一文指出：「立體主義者企圖把印象組織起來用體積的形式（譬如阿保里奈爾的鏡子等），表現其主觀上所見的悟的內在真實。形式主義者，不注重文藝的思想與內容，而著重技巧與形式。這兩派早已被放在歷史的博物院塵封的角落；而最最不幸的，現代主義者把它移入於我們今日的詩壇了。立體與形式主義移入之始是現代派，當時是引起一陣風波的……藍星詩社的黃用先生曾為文駁斥過，可是近讀藍

主義」、「中國現代派」等關於現代主義及中國主義的詮釋[21]，雖然提
點出「現代派」、「藍星」、「創世紀」三大詩社在「自由中國」時期的
中國民族脈絡位置，但他的思考方式卻和其他外省籍詩人從歷史時間
建構民族自我認同不同，也和「創世紀」詩社對超現實主義的個人主
義脈絡的現代精神詮釋不同。他的世界性是最接近西方理性精神與現
代主義的「異端」藝術氣質脈絡，但是其重要性也是當時最被忽略[22]。

　　林亨泰之所以能與西方理性精神與現代主義的「異端」藝術氣質
接軌，主要的原因在於他對於詩語言的思考與建構方式，不是以文字
釋義為中心的連結方式書寫內容，而是以現象與文字之間對應存在的
「形式結構」作為內容。因此，他的詩也獲得「怪詩」、「符號詩」等
稱呼。他的特別在於他徹底打破「自由詩」的「內容即形式」的表現
邏輯，而翻轉以「形式即內容」的表現邏輯來駕馭詩語言。他的圖像
詩的詩語言既不抒情，也不是敘事，而是直指「現象的本質」，正如
他自己詩中所透露的創作觀：「寫詩並非那麼神祕，只是把白寫得更

星詩社發行的〈蛾之死〉、〈白荻〉，卻仍流行……詩人忘記了傳達情感的責任。」
《文星》第5卷第5期（1960年3月），頁16。

21 林亨泰：〈中國詩的傳統〉《現代詩》第20期（1957年12月），頁33-36。

22 林亨泰因後來加入笠詩社的緣故，其詩作多被歸納到現實主義美學，進而忽略〈符
號論〉才是支持他的詩作的核心詩論。從他的符號論中的論點來看，可以發現林亨
泰很早就注意到以漢文字本身的「符號」作為現代詩的純粹理性精神的具象化對
象。這個思維進路與現實主義重視「內容」不太一樣，西方因受到柏拉圖的影響，
將形式視為是完美的追求對象，以形式作為美的核心思維，基本上，其發展的理性
精神與氣質，會傾向抽象的純粹理性，與有依附內容的形式思維的一般理性是不一
樣的。漢語文系統（文字的文言文、語言的白話文、語文合一的現代漢語）雖然共
享同樣的漢字符號，但三者的區分卻是建立在內容的表達（即表現）。林亨泰的符
號論與圖像詩的前衛性，即在於挑戰漢語文系統的表現傳統，將文學本身的敘事抒
情表現的歷時性放在「文字與詩共構的空間形式」中，雖然不能確定林亨泰從現代
主義的立體派的藝術實踐得到多少啟發，但他的立體圖像詩的美學形式典範創
新，可以類比為臺灣現代主義詩的畢卡索都不為過。

白,只是把黑寫得更黑」。林亨泰是如何將直覺掌握的現象本質給予詩的結構意義的形象化呢?讓現象還諸現象之自身[23],正是他在五○年代時期所展現的現代主義美學方法與精神。

　　林亨泰詩的現代進路與現代主義的藝術思維有密切的對應性,這個對應性來自他對漢文字符號的思考,以及漢文字群在詩形式之間所形成的時空關係的表現,並以此作為構思圖像詩的起點。他曾親自說明創作原理與應用效果:

> 我首先提到高本漢的理論,他認為中國字不是語音的記載,而是意義的符號。聽官上的音調非常多,所以必須用視官來分辨。所謂的立體主義是一個同時性,詩是一個時間的意識,一行一行看下去,同時性就是第一行到最後一行同時呈現出來。我提到的立體主義,因為要同時性整個呈現出來的詩,我覺得會深度上有點不夠。後來,我對立體主義的詮釋,立體應該是有深度的。所以,我不是排列的。詩會隨著一行一行的唸,風景會隨著呈現出來。這就是它有立體感,不是平面的[24]。

　　林亨泰對詩的結構的立體表現思維,突破詩語言本身的時間抒情敘事本質,而轉向以「詩」的空間性思維去建構詩語言在時間中的動態秩序。這個進路不見得一定是來自畢卡索的立體派藝術的同一空間的歷時性的美學革命影響[25],但他自己對現代派的「進化」歷程理解

---

23 這是林亨泰早期圖像詩的表現,而後期則愈加朝向以「現象即精神(秩序)」作為理性表現的純粹性發展。

24 林亨泰在綜合討論的發言。《臺灣現代詩史論──臺灣現代詩史研討會實錄》,頁152。

25 在平面的畫布表現出時間性是畢卡索的驚人創舉,常見的手法包括「移動視點」、「變形」、「壓扁」、「分割」、「平面嵌合」等,特別是「移動視點」所捕捉到的歷時

與釋義，以及他個人的世界性的現代派立場，確實與畢卡索立體派的創作思維有異曲同工之妙[26]。可以確定的是，林亨泰是當時對西方現代主義理解最深的詩人，在詩語言的藝術實踐上，也最有西方現代主義的藝術精神。在〈關於現代派〉一文中，林亨泰有相當簡要但清楚的陳述：

> 「現代派」──這個廣義的稱呼，便是立體派、達達派、和超現實派的總稱。按發生時間的前後，我們應該這樣的稱呼：
>
> （一）現代派第一期（即指立體派）
>
> （二）現代派第二期（即指達達派）
>
> （三）現代派第三期（即指超現實派）
>
> ……
>
> 今日象徵派乃是十九世紀的繼承。在這一點上，他們不過是象徵派的餘黨。但是「現代派」卻是二十世紀才興起的。誰是二十世紀真正的兒子呢？當然是「現代派」。但我不喜歡這種說法，因為「現代派」與「象徵派」並不對立，（梵樂希曾加入達達派），而我個人也極喜愛象徵詩的白色火焰。
>
> 最後，我再談一個問題，──那就是「作品的秩序」問題。……
>
> ……然而要注重「作品的事實」？還是要注重「作品的秩序」？這也就是要了解「符號詩」的重要關鍵。

性表現，革新西方幾千年傳統的視覺觀念，可以說是畢卡索對空間表現的一種新發明。朱孟庫：《形形色色──圖像語言的奧秘》，頁54-57。

[26] 畢卡索說：「我並非看著物體在繪畫，而是按照自己的思想在繪畫。」（同前註，頁33）這句話直接點出立體派藝術的革命性創作精神，因為這是一個全新觀念的繪畫角度，畫家再現世界的方式，不再用肉眼，而是將客觀的對象物以「思想的眼睛」的方式表現出來，也是西方藝術轉向抽象概念的形式發展的關鍵。

　　林亨泰在這篇文章中提出了幾個很有價值的線索：一、現代派（現代主義）的藝術創作溯源；二、象徵詩與現代派在歷史發展階段的關係與可共存的典範性；三、作品秩序優位於作品事實。這三個線索提供林亨泰如何從現代藝術的思考構築詩語言的思維痕跡。

　　首先，現代派繪畫藝術較印象主義更前衛的地方是將藝術的表現對象回歸到藝術的兩大基本元素：造型與色彩[27]，相較於印象主義突破西方藝術最具代表性的「模擬再現」寫實技巧、轉向以色彩、感知、情緒等捕捉的「光影描物」的真實，現代派藝術家以力求創新的革命態度，為藝術界建立全新的秩序。正如畢卡索所說的：「正因為如此，立體派才拋棄色彩、情緒、感知和所有由印象派引進的繪畫理念。」也因為拋棄「形」以外的條件，「形」才完全解放出來[28]。林亨泰的立體符號詩創作相當類似畢卡索的立體派藝術，打破詩以抒情或以敘事為中心的開展方式，將詩語言的象徵性構成脫離抒情與敘述，而回到文字符號之自身所擁有的形音條件，因而更具純粹性[29]。

　　林亨泰在〈符號論〉一文，以自己的兩首詩為例，從理論、感覺、韻律進行分析：

　　在理論上：
　　「象徵」正有一種以「陰影」代替「實體」的打算，而這便是

27　立體派傾向以造型為中心的藝術本質表現，而野獸派則將感知轉以色彩為中心的藝術本質表現。

28　朱孟庠：《形形色色——圖像語言的奧秘》（桃園縣：開南大學，2008年7月），頁13。

29　觀察畢卡索如何勇於挑戰造型的極限案例，如〈水牛〉系列素描，畢卡索以自然模擬再現的手法到不同逐一簡化的線條再現，讓藝術脫離描寫的細節而更具純粹度，這其實就是現代藝術思考的重點。朱孟庠：《形形色色——圖像語言的奧秘》，頁36-37。

為一般人所傳說的「隱喻」的手法。……詩裡的「象徵」所能
給予「詩」的就是代數學裡的「符號」所能給予「代數學」
的。……所謂「象徵」也不過就是語言的「符號價值」。
在感覺上：
這個外貌幾乎是「幾何學」的。……「符號」之被認為「缺乏
音樂」也是不足為病。……
在韻律上：
……實在我們對比「音樂性」有重新估價之必要。……
由於藝術家們的所得到的感受或是刺激和他在作品中表現的事
物，兩者間的關係，是存在著一種程度的或然性，因此詩人和
藝術家們的表現更可以擺脫了現實世界和結構一切事務的固有
的型態組織和結構而發揮他們創造的天才。

　　林亨泰對詩作的自我分析，不僅是詩人帶領讀者理解詩語言形成
的過程，也讓讀者看到以文字符號「再現」的象徵表現與效果；當文
字不再以其釋義與想像的方式組織在一起，詩不再是詩人的意識與現
象在時間的流動再現，而變成一個完整的空間；詩人將所看見的現象
或對現象的理解，回歸到最初的感官紀錄，一一體現在詩的空間。因
此，整首詩就是一個完整的空間，可以將每一行或每一段或每一塊文
字符號的組合，一目了然；每一行、每一段、每一塊的文字符號，既
保留了文字本身的形音義的使用，也可以將之組合圖像化，而每一行
或每一段或每一塊文字符號的組合仍有其敘述在時間的流動。例如
〈體操〉是詩人依照其詩論以符號文字還原視覺現象中對於人在做體
操時的肢體動作的韻律動態展現[30]：

30 林亨泰：〈符號論（並詩二題）〉，《現代詩》第18期（1957年5月），頁30。

體一 ＼／ 三解解　一 ＼＼ 蔓蔓
操二 ／＼ 四體體　二 ／／ 延延
　　的的　　　　　的的
　　手手　　　　　頭頭

　　構構　　　　　姜姜
　　成成　　　　　靡靡
　　的的　　　　　的的
　　腳腳　　　　　腳腳

林亨泰的詩語言表現就像是一個以文字為主的立體世界，詩人將他所意識到的現象，以類攝影機的移動視點的方式，將聲音、連續動作、視覺畫面、詩人對這個時空現象的反思（即動作在流動時間所形成的秩序）等，以形象直覺捕捉其動作在時間流動的本質，即「秩序」——詩語言就是秩序之本身的空間展演，進而將詩語言「空間本質化」；本質被空間化的詩，自然需要全新表現的詩語言，而符號化的詩語言在空間化的詩所形成的有機組合，即形成「作品的秩序」。這個「作品的秩序」既是詩的形式，也是詩的內容，更是詩人向著世界現象開放的「直觀」結構與表現。

　　正如林亨泰在理論所言，「一個符號代表任意一個數目的一次象徵往往是含有其由不同解釋而來的許多『意義』的可能」，也因為漢文字的象形文字特質，使得詩語言的符號化表現較之拼音文字更複雜。林亨泰在〈中國詩的傳統〉一文中，曾討論漢文字與詩的傳統形成，以及透過現代主義檢討現代詩的有容乃大——「在本質上，即象徵主義；在文字上，即立體主義」[31]。因此，歸回符號的詩語言成為

---

31 林亨泰：〈中國詩的傳統〉《現代詩》第20期（1957年12月），頁33-36。

詩人直觀世界現象的秩序媒介,在詩的空間中,將詩人直觀的世界現象「動態地再現」。

林亨泰對詩語言所進行的符號化實驗,徹底翻轉漢文字數千年以來的時間化表現方式,而創造出詩語言的空間化表現的可能性。詩語言的空間化突顯了「作品的秩序」的全新的美感經驗與精神表現,也突破自由詩的分行與自由行數的形式美學典範;並逆轉自由詩以內容為中心的表現價值,以「形式即內容」的邏輯創造詩的空間化的表現。

林亨泰作為當時現代主義的詩論者,也是最徹底實踐現代主義藝術前衛性精神的詩人,雖然未能促成對自由詩的形式美學典範的轉移,但詩語言的符號化表現,以及詩的空間本質化,使得詩人所捕捉到的世界現象,既不是客觀描寫的對象物,也不是主觀精神的具象化投射,而是以文字所能捕捉到的世界現象的直觀對應。正如他自己所下的結語:「他不是以文字所持的意義寫詩,而是精神所具的秩序寫詩。」符號詩可以說是現代詩系譜中、最接近現代主義追求純粹理性的精神表現的詩類型,不僅突破自由詩的形式美學典範,重新創造一種全新視野的形式美學思維,更將現代主義的革命精神以「形式即內容」的全新邏輯,繼續朝向未來的歷史時間推進。

另一位與林亨泰同為立體詩的開拓者——白荻,也是不容忽視的重量級詩人。一九六〇年他所發表的詩論文章〈由詩的繪畫性談起〉,重新審視詩語言在「詩」中的視覺表現範疇的價值與意義,並且提出對「詩」的音樂性在歷史發展中所固化的主流認知的反思,以及透過「(立體的)圖示」技巧重回文字符號表達世界經驗的原初性。他認為:

> 所有的詩都是由形象開始、發育,然後被移植於紙上,那麼圖
> 像詩的形象,該始詩更能回復到文學以前的經驗;回復到聲音

與符號結合而成的，原始、逼真、衝動，有著魔力的經驗。圖
像詩在「繪畫性」中所獲得的前衛地位是不可忽視的，它在表
現領域中所顯示的獨特的光芒，也因被一個自覺的藝術家所嘗
試所採納。……

如果人們不執拗於「音樂或繪畫先於一切」，那麼混合著
「聽」與「看」的經驗，該更能使詩回復到文學以前，事物原
始的感覺，──而構成美學的整體──這是我關於此種技巧的
容忍，也是我的結論[32]。

　　林亨泰、白荻兩位詩人的詩論與詩藝術實踐說明了：最能體現西
方現代主義異端美學精神的符號詩／圖像詩／立體詩，雖然最終未能
帶來鬆動自由詩的形式美學典範的主流位置，但相較於格律詩，分段
詩／散文詩的形式典範，確實是現代主義詩系譜中最具前衛性的詩語
言美學革命。相較於立體主義不易被理解的前衛性，然而，真正能取
得臺灣現代主義傳播的美學典範是超現實主義又是如何接嫁於臺灣的
現代詩實踐？為何較立體主義更能獲得自由中國詩人的迴響？值得持
續觀察。

　　在現代派運動後期，超現實主義取代現代派的口號，成為六○年
代最具實踐效應的現代主義美學代表典範。「創世紀」雖然不是臺灣
首次引進超現實主義的詩社[33]，但是確實創造出與西方超現實主義藝

---

32 白荻：〈由詩的繪畫性談起〉《現代詩導論（理論史料篇）》，頁119、129。

33 日本的超現實以一九二七年十一月創辦的《薔薇、魔術、學說》為始，二、三十年
　代已傳入臺灣。一九三三年的風車詩社以超現實主義為大纛，相對於當時文壇的主
　流寫實主義。大陸方面，三十年代的《現代》雜誌上有片段的對當代世界文壇和藝
　壇的介紹（包括未來主義、意象派、超現實主義、蘇聯電影、印度、日本、韓國文
　學等），但並沒有超現實詩的翻譯。在《現代》月刊上發表詩的紀弦對超現實主義
　有相當程度的認識。他的〈吠月的犬〉一詩成於1942年的上海，脫胎於米羅的同名

術文學不太一樣的臺灣超現實主義；相較於林亨泰符號詩或白荻圖像
詩的立體主義式的形式美學革命，詩人們更傾向於普遍接受超現實主
義。正如覃子豪所評論的意見所陳述：「在中國詩壇雖沒有人標榜超
現實詩是中國現代詩唯一的路線，但中國的現代詩人卻在超現實主義
中獲得了極大的啟示」[34]。

　　超現實主義作為開啟臺灣「自由中國」時期最具代表的美學內容
典範，以及「創世紀」從提倡新民族詩型到超現實主義的轉向，兩者
互相關涉同一重要的歷史事件意義，並提點臺灣現代主義處理現代自
我的主體性——非西方現代主義典型——的特殊面向。這個特殊面向
指出新詩接受現代主義之後如何現代、怎麼現代的運作邏輯：一是以
現代自我概念作為現代詩在歷史時間的演化邏輯，一是自由作為現代
詩的藝術自主原則發展邏輯。透過這兩個邏輯重新檢視現代詩系譜的
形成與演進，可以更清楚看到選擇性的超現實主義在未來歷史時間所
啟動的個體與民族雙軌自我結構性的美學典範，以及在不同時空背景

畫（二十年代初米羅與法國超現實主義詩人畫家一度過從甚密）。詩中意象的並置
手法打破傳統邏輯，創造一種詭異奇幻的效果——仙人掌上的裸女，可視為紀弦對
超現實的回應。悉密：〈從現代到當代——從米羅的吠月之犬談起〉《中外文學》第
23卷第3期（1994年8月），頁6-13；〈邊緣、前衛、超現實——臺灣五六十年代主義
的反思〉《臺灣現代詩史論——臺灣現代詩史研討會實錄》，頁251。從繪畫藝術的
形式與內容來看，紀弦的〈吠月之犬〉其實是比較接近達利的超現實主義畫風的氣
質（手繪的夢境攝影），而不是米羅（傾向立體派的抽象化繪畫風格），然而，對於
超現實主義實踐佛洛伊德精神分析的藝術實踐，追求潛意識的夢境化的想像力、神
秘性與象徵性的詭迷怪誕與非理性特徵，或是再對比「風車詩社」水蔭萍的詩作，
紀弦的〈吠月之犬〉的詭異奇幻又顯得太過意識的想像／聯想。這首詩是否能作為
自由中國現代主義詩源始的超現實主義詩，筆者比較傾向於紀弦受到超現實主義的
啟發，而視為是個人觀看米羅畫作而對米羅畫作進行的個人的文學性解讀／聯想，
但尚未精確把握住超現實主義的美學內容的表現精神。

34 悉密：〈邊緣，前衛，超現實：對臺灣五六十年代現代主義的反思〉《臺灣現代詩史
論——臺灣現代詩史研討會實錄》，頁253。

與條件之下既可共生共在、但又是彼此競爭關係的藝術價值取向。

回顧臺灣現代詩發展其一源流的中國五四到自由中國時期，無可避免地受到五四中國新文學初始以來「為藝術而藝術」、「為人生而藝術」的價值選擇與論爭，以及在建設新中國的民族國家歷史發展進程中，文學被納入建國文化工程的精神建設的歷史命運，作家對於個人創作的命運選擇究竟是藝術或人生？其決定權始終呈現藝術自我與民族自我共在的主體意識狀況。這兩種涉及現代自我形塑價值的主體意識，一直頑強地尋求最適的「主義」回應，也涉及藝術價值決定於個人自由的解放、亦或被設定追求民族自由的理想的兩種向度的選擇。這兩種現代自我的主體發展對詩人來說是一種共在的歷使背景，但會在不同的歷史社會條件下競爭，而各自形成主流或次主流的命運。

一般學者對現代主義在臺灣六〇年代取得主流文學的發展位置，都注意到臺灣國民黨的政治控制環境下的精神壓迫與現代主義追求個人自由的內在邏輯之間的應對關係，但鮮少從非西方典型現代主義的藝術自我與民族自我共在的現代自我主體發展邏輯，來審視臺灣超現實主義的選擇性發展的理性精神痕跡，以及與體制主流發展的共構性。

奚密在〈邊緣、前衛、超現實：對臺灣五六十年代現代主義的反思〉一文中，將「純黑」的超現實主義對立於「光明」的反共文學，雖然注意到臺灣的超現實主義相較於西方超現實主義，沒有接受以文學語言解放社會的革命企圖，也沒有選擇轉向為政治行動，但是仍持有在主流意識形態隙縫所創造話語的反意識形態潛能[35]。

---

35 相對於光明的反共文學，五、六十年代的超現實主義是「純黑的」美學。相對於傳統的詩意詩情，超現實是異端，是恐怖的無政府主義。臺灣五、六十年代的超現實在精神上與法國超現實是相通的，強調以解放個人想像力來跨越社會制所加給人的種種限制（包括自我設限），……誠然，由於所處歷史語境的迥異，臺灣超現實並沒有法國早期超現實欲以文學改革的理想主義。處在文化邊緣的地位，它在主流意識形態的，隙縫間創造一種話語的空間……較之一九四九年以前的前衛詩，它更深

　　然而，國民黨政府在臺灣建國／復國的過程並不像共產黨政府採
取的直接的高壓控制，而是採取軟性控制。因此，只要在不挑戰國民
黨政治的統治權與政治敏感問題，基本上，反共體制內的藝術選擇的
個體自由，還是有一定彈性的發展空間[36]。

　　從這個事實來看，創世紀詩人以理性精神轉化超現實主義最具前
衛書寫意識的無意識寫作，並合理化超現實的發展路徑。這個高度自
覺的選擇，提醒詩人對超現實主義的接受，一開始就不是站在反體制
的位置，也未必認同超現實主義藝術的社會革命意識與精神，而就只
是「安全地」在主流意識形態可接受的範圍內探問自我的精神狀態？
從這個意義來說，對於當時政治力量所主導的反共文學與其主流意識
形態，詩人未必需要覺今是而昨非，而是面對反共目的在歷史進程可
能遙遙無期的現實失落與熱情的盲目，創世紀詩人放棄新民族類型與
戰鬥詩，一開始就不是政治或社會壓迫問題，而是關乎在中國認同的
民族自我與追求藝術的個人自我之間，應該選擇如何繼續意志與熱情
追求的問題。

　　洛夫曾自剖〈石室之死亡〉的創作背景與心態，可以看到他的徬
徨與最後透過藝術自我來安頓焦慮的民族自我的創作心理：

　　　　在這段期間，我的文學生命正處於狂熱的巔峰狀態，詩情豐
　　　富，感性敏銳，閱讀廣泛而專注，吸取西洋文學和藝術觀念及
　　　創作技巧，如長鯨吸水，涓滴不遺，而當時的現實環境卻極其

刻地體現文學作為反意識形態的潛能。」奚密：〈邊緣，前衛，超現實：對臺灣五
六十年代現代主義的反思〉《臺灣現代詩史論──臺灣現代詩史研討會實錄》，頁
261。

36 陳康芬：《政治意識形態、文學歷史與文學敘事──臺灣五○年代反共文學研究》
（臺北市：花木蘭出版社，2014年3月），頁170-174。

惡劣,精神之苦悶,難以言宣,一則因個人在戰爭中被迫遠離
大陸母體,以一種飄萍的心情去面對一個陌生的環境,因而內
心不時激起被遺棄的放逐感,再則由於當時海峽兩岸的政局不
穩,個人與國家的前景不明,致由大陸來臺詩人的詩人普遍呈
現游移不定、焦慮不安的精神狀態,於是探索內心苦悶之源,
追求精神壓力的舒解,希望通過創作來建立存在的信心,便成
為大多數詩人的創作壓力,〈石室之死亡〉也就是在這一特殊
的時空中孕育而成[37]。

因此,洛夫的〈石室之死亡〉作為一個探討「創世紀」詩人轉向
超現實主義的案例[38],並非否定前非的二元對立的逆轉,而更曝露出
接近以詩探求的創作之路上,發生民族自我與藝術自我追求出現矛盾
的事實?從這個觀點來看,現代派後期運動所涉及的西化問題,已然
跳脫「主知」或「抒情」的原則立場問題,而是回到創作的客觀事實

---

[37] 侯吉諒主編:《洛夫〈石室之死亡〉及相關重要評論》(臺北市:漢光出版社,1988
年),頁193,解昆樺:《臺灣現代詩典律的建構與推移──以創世紀詩社與笠詩社
為觀察核心》,頁179。

[38] 葉維廉也曾表示:「在五十年代六十年代間在臺的詩人,大多充滿著游離不定的情
緒和刀攪的焦慮。用瘂弦的一句詩來說:『激流怎能為倒影造像?』這個猶疑焦慮
的狀態曾經是當時不少詩人的主要美感的對象。政府被狂暴的戰亂導致離開大陸母
體而南渡臺灣,在這『剛渡』之際,它給知識份子帶來了燃眉的焦慮與游移。我們
頓覺被逐離母體的空間與文化,而在『現在』與『未來』之間徘徊:『現在』是中
國文化可能全面被毀的開始,『未來』是無可量度的恐懼。徬徨在『現在』與『未
來』之間,我們感到一種解體的廢然絕望。在當時歷史的場合,我們要問:我們要
如何了解當前中國的感受、命運和生活的激變與憂慮、孤絕、鄉愁、希望、精神和
肉體的放逐,夢幻、恐懼和游移呢?我們並沒有像有些讀者所說的『脫離現實』,
事實上那些感受才是當時的歷史現實。」葉維廉:《三十年詩》(臺北市:東大圖書
公司,1987年7月),頁3-4;解昆樺:《臺灣現代詩典律的建構與推移:以創世紀詩
社與笠詩社為觀察核心》,頁175。

來處理「縱的繼承」與「橫的移植」問題的解決。如此，理性的超現
實主義精神提供了一個重新理解立場的提問：「自由中國」詩人如何
選擇民族自我與藝術自我共在的現代自我主體的發展問題，超現實主
義的自動寫作如何提供藝術書寫的可能性與有效的藝術安頓？認識藝
術的自我與現實的自我成為一個重要而迫切的基本課題。因此，現代
主義作為主知精神的一種理論資源，將西方超現實主義的「無意識」
寫作修正為「理性」的自動寫作，則提供了一種可以同時完成自我在
兩種不同存在層次的精神樣態的藝術方法。

　　基本上，創世紀的理性的超現實主義詩論是對西方超現實主義的
選擇性接受，肯定「潛意識之富饒與真實」，同意「潛意識才是最真
實、最純粹的世界」，但排除前意識作為不受體制控制的純粹自我認
知，以及訴諸潛意識語言進行反體制革命的藝術實踐與政治行動。然
而，要如何以理性精神介入西方超現實主義的潛意識自動書寫？介於
潛意識與意識之間的想像，成為實踐的基礎；想像必須「從感覺出
發」，讓心靈中的詩語自動表現出來[39]。

　　從感覺出發、且自動將感覺表現詩語言的藝術創作意識既不是抒
情的，也不是敘事的，而是一種近似「現代」的「自由想像」。「現
代」的「自由想像」適合甚麼樣的藝術語言或藝術技巧？相對於浪漫
主義、現實主義，象徵主義詩人對語言文法進行陌生化的象徵技巧，
提供一個更新的應用藝術語言開發資源，而象徵派詩人以陌生化語言
與文法結構所捕捉到的當下瞬間的直觀感覺印象與時間意識的現代性
精神，也透過詩語言的實驗性進入臺灣超現實主義的詩藝術實踐。

　　超現實主義詩人以實驗性的象徵主義技巧所探索的自我存在，會
是怎麼樣的精神樣態？這個問題可以透過象徵主義的「表現即精神」

---

39 解昆樺：《臺灣現代詩典律的建構與推移：以創世紀詩社與笠詩社為觀察核心》，頁
　　173。

的美學內容邏輯回答。象徵主義的現代性精神來自詩語言本身的斷裂
與破碎化，兩者之間存有一種最適的美學上的對應關係。也就是說，
詩人一旦選擇斷裂與破碎的語法探尋自我存在，不管處在甚麼樣的意
識與非意識之間的現實或情境或秩序環境，所捕捉到的自我真實或他
者，都不太可能是一個「完整」的自我或他者。因為象徵主義藝術技
巧為超現實主義所帶來的現代性藝術自我實踐與精神氣質，並非單純
來自政治情境下的身體與情志被迫遭受囚禁的苦悶心理，或是世俗制
度對現代人心理的壓抑，而是關乎以自我分裂／斷裂為進步本質的現
代藝術的意識精神[40]。

---

40 解昆樺透過瘂弦、碧果等詩作分析超現實主義詩作的苦悶意識，認為他們本身在藝
  術性的需要，使得他們的詩文本有著濃厚的超現實主義的特質，只不過不同於西方
  企圖以超現實主義，對抗現代資本社會剝奪人存在意義的悲劇，「創世紀」詩人對
  抗的是，政治情境下的身體與情志被迫遭受囚禁的苦悶心理。不過儘管「創世紀」
  的超現實主義詩作中，未必存有如同西方超現實主義那般的社會改革企圖，但是對
  於世俗制度對現代人心理的壓制，可說展現了另一種深刻的批判。同前註，頁
  194。上述意見從臺灣政治威權體制所產生的精神壓迫，解釋臺灣現代主義雖未有
  可孕育對應的現代資本經濟社會型態，雖有類似的精神秩序，但是否能針對世俗產
  生深刻的批判，則忽略臺灣戰後與西方現實之間截然不同的政治、社會、文化發展
  的歷史脈絡差異。就精神秩序來說，國民政府來臺後所主導的「自由中國」，其重
  要組成結構包括：黨國政治威權體制、國家資本與中小企業資本經濟、軍公教為主
  的中產階級、中國傳統儒家倫理社會等；這些所謂的「世俗化力量」基本上都有利
  於鞏固「中華民國在臺灣」的穩定性。這些世俗力量與黨國體制結合而形成的群體
  主義與主流價值，確實不利於個體性的自由發展或異質精神或批判意識，另一方
  面，也容易造成對非主流群體的邊緣化與排擠效應。「創世紀」詩人在當時的體制
  結構中，基本上並不能算是邊緣群體，因此，「創世紀」詩人們普遍感受的精神壓
  抑，應該是傾向於對集體意志的焦慮（如離開大陸母體的失根感覺、現實反共復國
  的遙遙無期、個人在家國命運的無能為力……等），以及對是否將民族國家暫時擱
  置，而回歸個體自由精神的想像解放。「創世紀」詩人選擇性地放棄西方超現實主
  義的激進性，改以理性的超現實主義探求藝術自我與民族自我之間的平衡，某種程
  度是有助於控制現代主義在當時體制發展的安全範圍，並且在（復興中華文化）的
  主導文化框架下保持可適當回應的位置。再來，西方歐洲社會自中世紀西方基督教
  會勢力退縮至宗教領域後，快速發展的世俗化力量的崛起，包括民族國家的興起、

　　如此，超現實主義受限政治現實環境的「理性」的選擇，一方面使得詩人對西方超現實語言的純粹性的主體革命意識難有共鳴，另一方面，進入西方象徵主義詩人所捕捉到的「現代」時間意識中自由想像的不確定與不穩定動能，又真的是詩人主體理解脈絡中所欲追求的進步力量？「創世紀」詩人轉向西化的選擇性超現實主義的藝術自我追求，雖然解放了詩人自我中心的個人主義傾向的藝術實踐欲望，但是，也帶來了現代主義藝術中同時性發生自我創造與自我否定的現代性精神的虛無或荒謬的震撼。

　　從這個角度來看，理性的超現實主義的西化脈絡的藝術自我實踐結果，既未能為詩人帶來來自正向能量的語言美學革命，也終究難以避免在現代派運動後期帶動現代主義詩潮、以致六〇年代末期七〇年代初中斷的命運。但是，歷史命運所注定的危機也可能就是轉向另一種發展選擇的探求機會？而再回到橫的移植或縱的繼承的問題解決，選擇性的理性的超現實主義在西化的藝術自我主體探求的精神失落，如果將此轉向以民族自我脈絡為前提的藝術自我探尋，是否有可能帶來不同的精神化現象的風景？並能驅動何種以進步為名的藝術自主原則與藝術實踐價值？都值得拭目以待。

　　最後，回顧現代主義在臺灣五〇、六〇年代西化（即橫的移植）發展的兩條重要的異端的美學典範軌跡──一、是以林亨泰為代表的符號詩的純粹現代形式美學典範建立；二、是「創世紀」詩社的理性的超現實主義的藝術自我的現代性路線。符號詩帶來的美學革命是徹

　　帝國資本主義、工業革命後的經濟社會、法國大革命帶來的群眾力量與共和民主制度……，以致當代自由市場經濟原理所主導的現代資本主義體系、自由主義與社會主義的價值衝突、現代主義前衛藝術的反動……，顯示的是共同集體價值的崩解與分裂的現代社會發展型態，亦不見得能為當時政治控制所致力維護的穩定社會型態所接受。

底逆轉自由詩「內容即形式」的邏輯，直接訴諸「形式即內容」的表現與精神，解決自由詩在現代時間進程中的美學內容不斷進行典範轉移的問題；而創世紀詩社在理性的超現實主義的藝術自我探問路線，帶入以斷裂／分裂自我為進化本質的現代性精神。這兩條異端的美學典範路線，都涉及斷裂的本質與追求詩的純粹性，包括以純粹理性展現的「形式」的追求，以及訴諸意識與潛意識之間的理性精神以貫徹主知的原則。

雖然臺灣現代主義因歷史、社會、文化理解等條件不同，而選擇性接受西方現代主義，但是，西方現代主義的主知精神確實大大影響了詩人思考世界與再現世界的方式。其中，以形式作為純粹表現的理性精神思維，顛覆中國文學以內容表現為主的抒情敘事傳統。而以理性或存在精神投入自我審視為表現價值的個人主義，也不同於文學的個體自由或個人風格概念。從某個程度來說，現代主義是創造新的表現，也是以破壞傳統為目的的美學革命。此外，現代主義對個體在歷史時間意識所產生的斷裂性，不僅破壞自我在傳統歷史時間意識的延續性，但也極力創造（斷裂時間中的）自我的整體性，以作為代償。因此，現代主義在臺灣所發展出的兩種帶有異端性格的美學價值：一、以自我的整體性取代完整的個體性；二、以追求形式作為純粹性的表現精神。

以追求形式作為純粹的美的本質的認知，是西方美學源流以久的古典傳統價值，「寫真」的再現影響了西方重寫實的藝術傳統。然而，對中國傳統美學來說，絕對的寫真或寫實不是最理想的美的追求，而是以精神表現為主的神韻，才是美的理想，因此，中國向來有寫意重寫真的普遍審美立場，對於如何再現的認知與價值判斷自然有與西方不同的慣性思維。所以寫意與寫真代表了兩種完全不同的藝術的再現思考與價值取向，不僅僅有審美對象在於主體與在於客體的對

立面，也影響彼此觀看對方、或受到對方影響的啟發的不同表現。

　　從這個道理來看西方浪漫主義、象徵主義、現代主義作為美學典範的內容表現在中國的傳播過程，以及對浪漫主義的接受高於象徵主義、象徵主義又高於現代主義的結果，就是因為浪漫主義中的詩人主體與抒情表現是最接近中國抒情傳統，而浪漫主義以民族文化與自由想像作為個體表現的精神價值之一，也符合民族國家興起的歷史條件的背景；象徵主義較浪漫主義更有爭議的不是象徵的藝術表現手法，而是以「不正常」（即陌生化）的語言作為詩人想像或再現世界的擬態，但將白話文從表現生活世界的語言解放出來，而成為詩人可以捕捉或認識世界的對等性的自由精神擬態語言。象徵主義改變中國傳統象徵詩的抒情或敘事為美學內容的認知，啟動「表現即精神」的美學價值判斷的典範轉移，詩語言的陌生化成為新詩朝向現代詩發展的形式技巧，也將新詩帶往現代性的精神表現轉向，象徵主義因而成為最早開啟現代性精神的美學典範。

　　因此，從前述可以看到從浪漫主義到象徵主義的典範轉移過程，兩者的表現重點也從詩人的想像漸次轉到詩語言的想像，詩語言的表現形式成為決定詩美學樣貌與精神的關鍵地位因而被突顯出來；而詩語言的斷裂性與詩人意識現代的時間斷裂性，也改變了過去傳統詩的詩人使用詩語言的創作關係。主要的原因在於詩語言與詩人的共時斷裂性，改變了詩語言與詩人在傳統時間意識中的共時存在的主、客體關係。

　　傳統的時間意識是沒有產生斷裂的延續性，在傳統時間意識中所積累的文化，基本上是沿著過去到現在的積累，而未來則又是過去與現在的積累，過去、現在、未來並非以線性的結構方式被理解，而是對應於一種圈性的循環時間結構。這使得傳統的典範形成是來自文化經過時間不斷循環與積累的「去蕪存菁」後的結果。每一次的典範轉

移不僅需要長時間的積累,還有其難以突破的「框架」──典範是過去到現在的「去蕪存菁」,一旦形成典律之後,未來的表現就是過去到現在的最佳/最適表現的積累複製。要打破典律,除了有對形式的突破,還有對內容表現的本質突破。

　　浪漫主義之所以難以成為新詩轉化為現代詩的關鍵美學典範,但對象徵主義、現代主義的現代精神的接受,有銜接的過渡性影響,在於浪漫主義改變傳統詩對「表現即風格」的審美欣賞,帶來「表現即精神」的新的美學認知,並將傳統的詩人個體,更集中在以強調精神層面為主的主體概念,然而未曾逆轉傳統以人為主的表現核心的審美價值。然而,象徵主義之所以成為繼任浪漫主義的新的美學典範,在於象徵主義的表現精神已經不再是來自個體/主體,而是更精確地將個體的/主體中的自我意識獨立出來,成為詩人掌握詩語言的表現精神的整體。象徵主義的自我意識與詩語言之間的關係,也不再同於浪漫主義的詩人個體/主體與詩語言之間的主/客體關係,而是可從個體/主體中更精確分解出的自我/自我意識對上詩語言,兩者之間由原本的主客體的從屬關係轉為平行對等的關係。超現實主義則是自動將語言文字從意識的自我退出,轉由記錄潛意識的自我,並視為是最真實的本我。

　　立體主義以「形式為內容」的純粹性表現精神,更加激進;將語言文字還原為系統存在的獨立符號,將詩的內容表現完全排除人的主體性的介入,只剩下符號的秩序性,以具象化詩人感官直覺對應的現象世界,讀者可自由出入其中解讀,而意義自現。立體詩以詩的藝術方式徹底實踐了海德格哲學中「語言作為我們的居所」的意識形態[41]。詩人對於詩的意識的現代軌跡,也從詩人以詩語言傳達力量而

---

41 海德格討論語言的本質時,曾提出一個從語言而來的經驗:接受和順從語言之要求,從而讓我們適當地為語言之要求所關涉。如若在語言中真的有人的「此在」(Dasein)

可切割的自我與自我意識，將詩語言對等為現象的直觀再現；最後，詩人的自我意識退位至詩語言的符號世界，以詩語言秩序組構現象，詩的時間性本質異化為空間性本質，「詩」不再是詩人的存在／存有再現的文學體裁，而是一個可以直探世界本質的詩語言空間——一個具有本體性質的形上世界，出現在詩人的意識或認知中，詩不再只是附屬詩人的存在，而促使詩人有了詩語言可自證的詩的存有意識。「詩的存有」成為現代詩最大的美學意識革命。

第四節　主知與抒情、縱的繼承下的橫的移植、民族自我與詩人自我的現代藝術主體雙軌

六〇年代初余光中創作〈天狼星〉，發表在《現代文學》第八期（1961年5月），洛夫緊接著在第九期發表〈論余光中的天狼星〉，表達對〈天狼星〉，也對現代詩應走創新之路的意見。余光中接續發表〈再見，虛無了〉答辯。〈天狼星〉之所以重要，正如洛夫文章一開始所言：「〈天狼星〉是中國現代詩歷年來創作中一座最巨型的文學建築，是詩人們歷年來對現代詩藝術實驗與修正的過程中一項大膽的假設，也是目前中國新詩諸多問題，最多困惑的一次大暴露[42]。」洛夫很中肯地對〈天狼星〉在現代詩史與藝術實踐的重要意義作出了理解的價值判斷：

的本真居所，而不管人是否意識到這一點，我們在語言上取得的經驗就將使我們接觸到我們的「此在」的最內在構造。海德格甚至引述斯詩人蒂芬·格奧爾格對於詩語言與對應真理之間的深刻體會「詞語破碎處，無物可存在」，對於語言的本質（即道說、語言的存有）加以哲學詮釋的演繹。海德格《在通向語言的途中》（北京市：商務印書館，2005年5月），頁146-213。

42 洛夫：〈論余光中的天狼星〉《現代文學》第9期（1961年7月），頁77。

顯然，〈天狼星〉所企圖表現的正就是「表弟們」（現代詩人群）的悲劇性的遭遇，並為這群詩人和他們十年來的苦鬥經驗立傳，是以作者乃抓住幾項現代事物的典型，人的典型，以時間觀念法與空間觀念法相互交錯，相互印證，使〈天狼星〉成為……現代人的史詩，現代詩型的史詩。……是一種現代精神活動之「史」，現代詩人靈魂探索之史，時空觀念與價值意識壓縮之「史」……

……

事實上至目前為止，作者並未完全脫出古典主義、自然主義、浪漫主義的範疇，現代化之嘗試也只是止於象徵主義[43]。

不同於當時洛夫對余光中在〈天狼星〉徘徊傳統與現代之間的「不徹底」的評論，余光中〈天狼星〉真誠地透過個人角度的書寫史，企圖捕捉自己思索「現代詩與我」的「思考」意識軌跡，在意識流動中，余光中從一個宏觀的時間與空間的「思考架構」，建構出臺灣六〇年代即具代表性的「詩人自我探詢現代詩」的精神發展歷程的史詩。〈天狼星〉的藝術實踐對應出詩人構築現代自我主體的民族自我與藝術自我共在的真實處境。天狼星在這首詩中既是西方對中國新詩造成「橫的移植」的象徵，也是驗證民族自我、藝術自我交錯在歷史時間之流的見證象徵。

詩人一開始從時間意識探問文化中的歷史自我（民族自我的重要精神向度），溯源象徵父系的中國傳統文化與反傳統現代精神的交戰、到地理空間上的「圓通寺」所哀悼的母親之死（不知是否象徵流亡至臺灣，而老死臺灣土地的現實命運）、到世界意識的「四方城」、

---

43 同前註，頁77-78。

到漂流（或想像漂流）海外的文化鄉愁的「多峯駝上」、到現實生活中的現代詩人朋友的「海軍上尉」、到現代詩人（或詩人群體）的精神世界的「孤獨國」、到窺探歷史文豪的藝術世界而上下探索現代詩意義的「浮士德」、到在現代詩發展歷史進程路上緩緩前行的現代主義詩人的「表弟們」、到確認表現出古典中國的現代風格與精神的創作意識的「天狼星變奏曲」。

　　余光中在〈天狼星〉展現出來的意識流動的精神版圖，以及多風格的藝術技巧，就觀察角度來說，可以視為總結新詩論戰主知或抒情、縱的繼承或橫的移植二元對立思維的藝術實踐，並以自由詩的形式美學典範，鎔鑄浪漫主義與象徵主義的藝術表現與精神，探問民族與藝術自我雙軌的現代主體。〈天狼星〉的創作說明了美學典範在文學歷史的發展，雖然會因不同的歷史與社會條件而有彼此消長的現象與典範轉移，但典範與典範之間的存在關係不是消滅，而是可以共存在詩人的創作意識與藝術實踐。

　　洛夫認為〈天狼星〉是依賴經驗主體的計畫運思寫作，並非依循現代作者以中心觀念的醞釀創作，是一首以現代技巧表現傳統精神的詩，一首較成熟的傳統詩[44]。洛夫的觀點忽略了「詩人主體以自由詩形式進行自我與現代詩的雙重反思」本身就是一種極具現代理性的精神表現。因為相較於傳統詩人如杜甫〈戲為六絕句〉[45]即詩創作形式

---

44 洛夫：〈論余光中的天狼星〉《現代文學》第九期，1961年7月，頁82。

45 杜甫〈戲為六絕句〉：「庾信文章老更成，凌雲健筆意縱橫。今人嗤點流傳賦，不覺前賢畏後生。」、「王楊盧駱當時體，輕薄為文哂未休。爾曹身與名具滅，不廢江河萬古流。」、「縱使盧王操翰墨，劣於漢魏近風騷。龍文虎脊接君馭，歷塊過都見爾曹。」、「才力應難跨數公，凡今誰是出群雄。或看翡翠蘭苕上，未擎鯨魚碧海中。」、「不薄今人愛古人，清詞麗句必為鄰。竊攀屈宋宜方駕，恐與齊梁做後塵。」、「未及前賢更勿疑，遞相祖述復先誰？別裁偽體親風雅，轉益多師是汝師。」；其他著名案例還有元好問〈論詩絕句三十首〉，都可以看到古典詩以詩評詩的論詩作品，均未在其當代發展出類似現代詩之自我指涉的現代特質。

與詩論內容的以詩評詩的藝術表現，杜甫是以讀者立場的詩評家立場
一一評述其他詩人的作品特色與風格，內容類似點評詩人與其詩，以
及關於詩創作之經驗意見，並無涉及任何自我指涉的意涵。

　　反之，余光中在詩中表現出自己既是詩人主體的自我陳述者，又
是現代詩自我指涉的他者的現代反思性，都是傳統詩中未能得見的表
現方式。再來，自由詩作為一種現代詩形式的美學典範，其內容表現
的判斷在於藝術技巧的精神，而非詩語言的意涵內容。因此，洛夫以
詩語言意涵所指涉的傳統內容，基本上是不能作為判定是否是「現
代」的條件，仍是必須評估詩語言的現代表現技巧與精神。

　　除了從余光中〈天狼星〉中呈現的複合式的美學典範形式與精神
表現來看，詩人與世界之間的再現關係的改變，也是一個有趣的觀察
點。首先，這首詩的詩語言流動方式，不是外在的感官移動，而是詩
人感受與思想的意識軌跡，透過詩語言的捕捉進入到詩的空間，詩人
的主體意識與精神進駐到詩的詩語言空間，詩人與世界的關係不再是
詩人以詩語言再現世界，而是詩作為一種承載詩語言的容器，詩語言
即成為承載詩人對這個世界再現的意識與精神的居所，詩語言的流動
則是詩想，是詩人的意識與精神再現世界的秩序。現代詩的詩的存有
現象，將過去詩人與詩之間的關係，轉化成平行對等的詩人主體與詩
的本體關係。現代詩將過去詩人對描述現象、抒發情感的生活語言中
解放出來，而轉向表現即，精神的新的美學內容，詩語言也因之成為
詩人以自我意識與精神捕捉世界現象本質的真理語言。這是象徵主義
所啟動的詩語言美學本體革命，也促使詩人與世界之間從對應再現的
關係，轉化成詩的隱喻的可能性。

第五章
新詩論戰與文學公共領域的形成

　　臺灣五〇、六〇年代先後發生的「文學雜誌新詩論戰」、「現代派論戰」、「象徵派論戰」、「新詩閒話論戰」、「天狼星論戰」等，可以看到來自各方勢力對新詩或現代詩、或責難、釐清或抗辯的角力之爭。論爭過程，可以看到五四新詩的美學典範在臺灣五〇年代、六〇年代經過論爭的公共輿論而逐漸顯明的推移與轉化。

　　「現代派」、「藍星」、「創世紀」三大詩社在臺灣五〇、六〇年代對中國新詩到現代詩的推進，扮演很重要的角色，也各自積極經營社群詩刊。這些詩刊除了是詩人詩藝創作的發表空間，也提供詩人發表詩論、詩評與譯介的西方現代主義詩人、詩作、詩論。

　　「橫的移植」或「縱的繼承」在新詩衍化為現代詩的藝術實踐過程，除了以個體自我與民族自我的雙主體軌跡，繼續向前推進，「西化」在建國歷史語境中挑戰中國本位的衝突問題，也從民族文化的言說脈絡分化到詩語言的藝術技巧，提供詩人對詩想與詩感的想像或刺激的養分，以及更靠近「現代」或「當代」的美學語言。分行、不押韻、內容決定形式的自由詩的美學形式典範，在選擇性西化的接受脈絡中，仍留下難以透過語言形式判斷中國現代詩與翻譯的西方現代詩之間的彼此差異。

　　因此，美學內容的表現，如何才能突破西方詩人對其現代／當代語境的掌握，顯然關係到詩人對詩理論、詩語言，以及其中隱而未見的跨語言／文化形式的「現代接受」問題。《現代詩》、《藍星季刊》、《創世紀詩刊》也都有各自留下的軌跡。這些軌跡顯示詩人已經跳脫

論戰階段、對「縱的繼承」或「橫的移植」的二元對立思維,而從詩語言的藝術實踐的角度,重新修正論爭過程中的各自二元對立下的盲點,認真看待「橫的移植」與「縱的繼承」之間並非全然對立,而是可以相互影響或共同並在的彼此推移立場。

從《現代詩》所標榜的世界詩壇的同步化追求與對「橫的移植」的宣示,到《創世紀詩刊》後來突破「新民族詩型」的瓶頸,進而真正落實到超現實主義詩論與詩作的實踐接受與迴響。《現代詩》、《創世紀》對「詩的現代」的探索,以及各自展現的世界詩壇地圖,雖然缺乏系統化的轉進或引入,但檢視詩論與譯作之間的想像軌跡,詩的現代化與現代性精神,透過詩刊的(社群)公共領域化,各自留下了既對話又疏離的軌跡關係。相較於《現代詩》以社論專欄呼籲、宣示「現代詩」的理論接受與實踐行動,《藍星季刊》的詩論則相對而少,傾向強調海內外詩人彼此之間的交流,對於「橫的移植」則是詩人在各自角度、興趣引薦外國詩人、詩壇現況與譯作。

這三大詩社所自辦的刊物,形成新詩、現代詩人與同好者或發表或接受或可互相討論分享的創作與意見交流空間,對於新詩、現代詩的發展過程的「橫的移植」之必要性,發揮極有利的傳播效應,亦有助於新詩的現代化與現代詩的世界精神等想像工程的意識奠基。雖然,三大詩社刊物都沒有系統譯介外國詩論、詩人與詩作,但彼此所相互建構的翻譯版圖,除了強化西方現代主義強調創作個體／主體本位的文學價值觀認知,也更優化對象徵主義「表現即精神」的現代詩語言想像的美學典範接受。

一 哈伯瑪斯的公共領域理論與新詩論戰的公共領域化

公共領域是哈伯瑪斯對西方社會的現代結構轉型所提出的重要論

述概念之一。公共領域的出現與資產階級作為新興社會主力階級的發展崛起，有極密切的關聯性。哈伯瑪斯廣泛考察西方不同階段歷史對公共領域的出現與轉型，並進行社會與歷史關係的社會學解釋分析。因此，以公共領域在本章節僅作為一種參照式的考察術語，觀察新詩論戰的公共領域化形成，以及如何能為現代主義的「橫的移植」的合法性奠下傳播基礎。

　　值得注意的是，當時國民黨政府接管日本殖民臺灣的國家資本化，以及歷經內戰失敗而遷移大批移民繼續在臺灣延續大陸政權的軍公教主力社會結構，與西方資產階級在自然推進的歷史發展過程取得公共領域的模式，有很大的結構與歷史條件發展的差異。其中，臺灣的殖民歷史在民族國家化過程所造成的複雜性，以及文化民族主義作為一種上層精神思想與國家動員的內部建設與結構資源，都與西方在歷經新教改革、工業革命、法國大革命等重大歷史事件之後的現代國家發展歷程，有著相當不同的條件背景，甚至出現相較西方模式的「時空交錯」或「時空濃縮」現象[1]。

1　臺灣的現代國家發展的複雜與一九四九年之後的「中華民國在臺灣」現實，以及不同歷史脈絡中臺灣發展的臺灣意識與主體認知的連結，息息相關。回顧中國的民族國家的現代化歷程，在西方帝國主義侵略壓迫的民族興亡圖存的危機意識，到透過政黨革命促成滿清帝制轉型的共和體制國家，到中國國民黨與中國共產黨以革命政黨形式共競中國現代國家的主導權，到一九四九年共產黨全面取得大陸政權建立中國人民共和國、國民黨退居臺灣繼續宣告中華民國政權的「兩個中國」、到中華民國退出聯合國但仍至今持續以「國家」身分在國際外交活動，臺灣內部也開始因民主政治治、社會改革等運動，漸次出現分流中國、臺灣的民族立場，一九八七年臺灣解嚴之後，臺灣解除軍事戡亂動員的國家戒備狀況，國家正常化的需要，也促使臺灣意識迅速擴展為臺灣主體意識，臺灣內部的臺灣建國主張與維護中華民國在臺灣的國家體制，也因中華人民共和國在世界的大國崛起現況，不只持續成為臺灣內部社會的族群問題，也加深不同立場政黨在國家體制的轉型與捍衛之間的矛盾。另一方面，八〇年代之後，臺灣原本以中小企業為經濟主體的發展優勢迅速被大型企業與資本取代，中小企業出走與大型企業的托拉斯化在西進所造成的排擠效應，再

　　臺灣當時要面對的不只是日本殖民地過渡到中華民國在臺灣建國
／復國的複雜歷史，還有從日本帝國殖民經濟體系移轉為國家資本發
展現代化社會與單一政黨威權國家統領社會的不對等關係[2]。而「現
代詩」、「藍星」、「創世紀」詩社與其詩刊，在臺灣五〇、六〇年代，
以新詩／現代詩為主所形成的文學公共領域，以及成員多為當時具有
文化資本的類資產階級的軍公教階層，在這個背景所演化出來的模
式，都有值得重視的原型意義。因此，從五〇、六〇年代所發生的新
詩論戰，到三大詩社在發行刊物上引進西方現代主義詩人、詩作、詩
理論，以及現代主義以個體自由為優先的文學自主原則，除影響文學
本身在體制的自主性原則的強化，也對文學作為臺灣具有社會影響的
公共領域形成的先發論域，開啟一定程度的奠基作用[3]。因為，不管

次重創臺灣中小企業的發展空間，臺灣經濟發展與國家政策之間微妙的布局與獲利
關係，使得臺灣的自由市場的運作始終擺盪在國家資本主義與大型資本集團獲利為
主的共生性自由主義市場運作機制。

2　國民政府為有效控制臺灣所強力推行的換幣政策，造成臺灣所有有產階級的現金資
產迅速貶值，特別是商家、公司等商人，影響甚大，而地主剩下實質資產的土地，
也在推動土地改革包括三七五減租、公地放領、耕者有其田等政策中，將其土地資
產價值轉換到國家資本的分配結構中。有些成功繼續累積資本，有些失敗。臺灣在
日本殖民社會的資產階級，也在中華民國在臺灣的建國／復國的國家化奠基過程，
轉由軍公教與中小企業的結構取代，一直到八〇年代之後自由經濟市場的力量崛
起，大型資本企業開始出現，漸次擁有主導國家重要政策發展的力量。長期以來作
為臺灣社會最為重要的中堅力量，也從類文化／中產階級的軍公教階層、轉型到以
西方資產階級社會為主的市民社會型態。

3　一九五〇、六〇年代新詩論戰的奠基作用，新詩轉化為現代詩的問題，也持續擴張
到民族國家的精神工程建設：七〇年代的「麥堅利堡」論戰、「關唐事件」論戰、
「颱風季」論戰等此起彼落，詩人與論者透過「專業化的文學創作／文學批評」而
取得的社會發言權，可以看到文學公共領域在當時所扮演的政治、社會批判的重要
功能，以及「詩語言」作為高度藝術自主原則的被接受共識，從一九五〇、六〇年
代的文化語境、轉化到七〇年代之後政治／社會語境的侷限。小說作為主要「言
說」的形式語言，也持續分流於現代自我的個體立場或民族立場的競爭關係。

是西方資產階級的公共領域或臺灣三大詩社成員的類文化資產階級，都可以看到兩者都將原本為私人領域的一部分、而後轉化為公共領域的基礎與運作軌跡的共同特徵。

　　哈伯瑪斯認為這與社會領域的獨立化過程有很大的關係[4]。臺灣的社會領域在五〇、六〇年代，雖然尚未具備可獨立於政治權力控掌的社會能量，但是，在主導文化——而非完全是國家集權高壓模式——的框架下，仍有一些自由與彈性處理的優勢。因此，詩刊的發行運作可視為是詩人對於新詩／現代詩的自由言論空間，並主導讀者接受詩社／詩人主張的傳播媒介過程，促使詩刊成為詩人／社群的共同體的延伸。三大詩社的刊物發行對於現代主義詩的接受、推廣西方現代主義文學的個體價值的文學自主原則，有極大的助力；同時透過「橫的移植」的訴求，將五四新文學以小說作為文化啟蒙的主要言說形式，移轉至新詩領域，繼續為社會領域的獨立化做潛能的積累。

　　從「文學雜誌新詩論爭」的小規模、到紀弦「現代派」宣言引起詩人內部的路線之爭、到「象徵派論戰」中代表五四時期保守文化勢力的敗退、到各方文化勢力進入交流溝通的「新詩閒話論戰」、到「天狼星論戰」背後以個體意識融入民族脈絡的現代自我的詩語言實踐與美學典範建立意義。新詩與現代詩的詩定位問題，將五四新文學時期西化之於民族本位的挑戰，透過文學現代化的借鏡與正當性，持續深化在現代詩的現代自我啟蒙的文學運動中，並取得主流公共領域的發言空間。

　　在這個過程中，三大詩社多數詩人的外省籍與軍公教的文化菁英階層背景，在個體自我、民族自我的雙軌現代自我發展過程中，對於個體優先民族或民族優先個體的自我認同典範，除埋伏現代主義與現

4　哈伯瑪斯：《公共領域的結構轉型》（臺北市：聯經出版事業公司，2002年3月），頁185。

實主義在臺灣文學公共領域的彼此競爭關係，也為日後擴展到中國或臺灣的主體意識抗衡立場埋下伏筆。哈伯瑪斯對西方形成公共領域的歷史考察，以及透過（個體的）自由主義的模型所建構的公共領域論述，可以為一九五〇、六〇年代的新詩論戰所促進的文學公共空間化，以及對日後文學作為政治社會言說的先發領域的影響，提供一個完整的參考架構。

從文學史的發展角度來看，一九五〇、一九六〇年代的新詩論戰所啟動的文學公共化，並未直接挑戰當時的反共文學體制，主要的原因在於新詩不是反共文學的主流類型，反觀反共主題在小說類型的高度開發，以及新詩在反共文學發展過程始終停留在「宣示」層次的表現技巧，即使是後來創世紀詩人試圖以「新民族詩型」為反共建國大業的疲態化，為反共主題注入轉化為政治詩的藝術條件，也有難以實踐、推展的現實困境；創世紀詩人轉向超現實主義，作為現代主義的代表性美學典範實踐，持續為象徵主義表現即精神的美學內容典範，帶來新的藝術表現方式。另一方面，藍星詩人則在縱的繼承的意識理念，不斷透過西方現代詩／詩論的引入與融滲，啟動民族脈絡的現代自我藝術化的實踐典範，成為（中華民國在臺灣）建國精神工程從反共政治轉型到中華文化復興的主導文化的先發文學藝術實踐。

回到哈伯瑪斯觀察西方資產階級公共領域的早期發展，文學公共領域並不是真正的資產階級公共領域，而是與貴族王室的代表型公共領域之間保持一定的聯繫，再經歷轉型。進一步來說，在與「宮廷」的文化政治對立之中，城市中所出現的咖啡館、或以沙龍、宴會機制運作的文學公共領域，將過去充滿人文色彩的貴族社交形式轉化為新興的資產階進行公開批評與愉快交談的交流空間。西方資產階級與城市的興起，不只創造出文學公共領域，也漸次分化出政治公共領域；資產階級並逐漸發展出以公眾輿論為基礎的一種新形態正當權力運作

機制。這個過程顯示了國家與社會分離的基本發展路線，將國家視為
是公共權力領域，市民社會視為是私人領域；而文學公共領域則包含
王公貴族社會的宮廷、文化與商品市場的城市、資產階級知識份子的
個體（含狹小的內心世界）[5]等不同的區域。政治從文學公共領域分
化出來，進而獨立為具有公共權力的批判領域，才真正看到資產階級
市民對現代公共領域所取得的治理問題的實質參與，以及真正形成可
資平行於國家公共權力的制衡作用[6]。

　　從西方資產階級公共領域的形成、國家與社會的二元結構發展路
線，以及專業分工為運作邏輯的自主分化現象為對照，臺灣在一九三
〇年代開始萌發的新文學的公共領域，在一九四九年之後，因中華民
國在臺灣的歷史現實而產生斷裂，從日文轉到中文的語言形式，導致
日本時期的新文學公共領域產生嚴重斷裂。一九五〇年代之後，文學
領域約分為三個區塊，一是國家主導的反共文學、一是健康大眾的
純文學（以散文與小說為主，包含可以中文寫作的臺灣籍作家）、一
是被排除國家文學與純文學之外、以經濟市場為導向的現代通俗小
說[7]，「文學雜誌新詩論戰」、「現代派論戰」、「象徵派論戰」、「新詩閒
話論戰」、「天狼星論戰」的現象，可以看成是文化／文學知識份子針
對新詩／現代詩等創作論題的公開意見表達，對於形成文學自主的藝
術原則導向的自然秩序，有極大的幫助與奠基的作用；而各階段論戰

5　哈伯瑪斯：《公共領域的結構轉型》（臺北市：聯經出版事業公司，2002年3月），頁
　　39。
6　同上註，頁39-73。臺灣一直要到一九八七年戒嚴法之後才真正出現具有發展自由主
　　義模型的市民社會的彈性空間，在此之前，以反共為目的的國家政策／文化民族主
　　義共構主導的政黨國家社會體制，使得臺灣在一九四九年之後的公共領域的形塑，
　　集中在言論空間較有彈性的文學領域，以軍公教為主的社會階層因而成為公共領域
　　的潛在的泛公眾的主流群體。
7　陳康芬：《古龍武俠小說研究》，淡江大學中國文學研究所碩士論文，1999年，頁
　　135-158。

內容的推進，也可以看到新詩從延伸中國五四新文學的社會功能性公共輿論，到發展為以詩人（兼詩評者）為專業分化的藝術自主性公共輿論。但是，這個推進軌跡也顯示文學作為當時社會公共輿論的先發論域，其自然秩序決定於文學自主的藝術原則，而非輿論本身所形成的理性機制。這個特質使得文學公共領域的輿論公共性，都有受限於文學本身的自我理解與反思功能，必須依賴文學的政治化行動──而非輿論本身的論述或意見，才能與國家的公共權力對話或進行挑戰。因此，文學政治化行動作為文學輿論轉入社會輿論的潛動力，指出以文學作為社會公共領域的先發論域，有其來自本身的不穩定特質。

首先，內部所存在不同文學價值觀與藝術自主原則的競逐關係，使得文學與社會之間的問題都不是直接對應，必須仰賴文學價值觀的藝術原則；再來，對於社會領域與公共權力之間的治理問題，必須將主導文學價值觀的藝術原則轉化到文學的政治化行動的發動，而難以確保不同意見可以在相互詰辯、形成共識的理性對話機制中進行。

相較西方以文學公共領域提供政治公共領域的自我理解與具體表現的過渡性與轉化功能，臺灣五○、六○年代新詩論戰從延續中國五四新文學的民族與西化議題、到要求新詩領域的現代啟蒙，新詩走向現代詩的公共領域化過程，除了提供新詩進入政治公共領域的自我理解與具體表現之外，也啟動藝術自主原則的自我理解與具體表現。民族自我與個體自我的雙軌現代自我發展，構成文學公共領域的言說基礎，並成為市民社會結構形成之前的替代性社會公共輿論。文學／文化知識份子透過文學評論或文學創作的參與，進入政治或社會公共領域空間，透過文學的傳播，將讀者延攬為潛在的「泛」公眾。

但是，新詩／現代詩相對於小說類型，所提供的替代性社會公共領域，基本上，仍是屬於小眾菁英，而不是公共的大眾。主要的原因在於，詩語言在現代情境中的美學革命，造成詩語言本身的存有化發

展，而現代小說則以現實世界的生活語言為敘述基礎。然而，新詩走
向現代詩的雙軌現代自我的言說基礎，將五四新文學的啟蒙的精神建
設工程，轉化到詩語言的美學內容的典範建立；屬於詩人自我的內心
世界與屬於民族／國家的自我認同，也成為文學公共領域中的重要溝
通議題與意見表達。文學相關的集會、結社、出版與言論自由，則有
文學公共領域中的私人內心領域與現代啟蒙之必需的正當性的公共領
域，作為保衛的屏障；而論爭與論爭所形成的社會輿論，是否能轉為
文學的政治化行動，進入國家的公共權力領域，並不能端賴文學本身
的傳播力，還必須有可供公眾進行參與公共事務討論的言論空間。

　　文學作為社會公共領域的先發論域，在五○年代，經由反共政策
而形成主流的反共文學，可以說受到上層所規範與控制，但也相對是
臺灣一九四九年之後的國民黨政府在臺灣文壇所開放的文學公共領
域。因此，反共復國主題作為一個規範／邀請民眾共同參與的文學公
共領域，將個人相關反共復國的經驗或想像關係帶進國家的政治公共
領域中。反共意識的機制將文學中的人性問題與道德判斷化約為國民
黨與共產黨之間的本質認定，將國共內戰的槍林彈雨的實質戰場，繼
續以抽象的方式進入中華民國國民的私人生活領域中，透別是軍公教
階層的共同政治使命。這個特殊性使得軍公教階層的公共領域的政治
使命在於調節中華民國在臺灣的困境[8]，並能支持國民黨宣稱大陸政

8　以國家的四個組成條件——主權、政府、領土、人民等來看中華民國在臺灣的困
　　境，會發現中華民國在臺灣的國家處境最大的問題在於國家主權與政府、領土、人
　　民其他條件的不對等。中華民國所宣稱的國家主權包括中國大陸、臺澎金馬島群等
　　區域，但實質上，只有臺澎金馬等島群與其人民；而在中國大陸建國成功的是中華
　　人民共和國，中華人民共和國的國家主權有其實質對等的政府、領土、人民。兩個
　　中國的問題突顯出「中華民國在臺灣」的不正常國家化的歷史語境與事實，尤其是
　　中華民國退出聯合國之後，憲法規範與現實歷史之間的矛盾，更是突顯出中華民國
　　在臺灣的尷尬、不確定國家定位與國際處境。

權的正當性。因此,中華民國在臺灣的歷史現實處境,使得臺灣一九四九年之後的公共領域發展與機制化過程,相當不同於西方以資產階級為核心的發展模式[9]。

　　因此,紀弦高舉現代主義的現代派運動,可以視為是一群由詩人身份所組成的公眾,要求在反共文學公共領域進行關於新詩改革的參與行動。以紀弦為代表的現代派詩人群體,以及以覃子豪為代表的藍星詩人群體,在反共文學公共領域中另闢出屬於詩人與新詩的公共輿論,之後階段性延伸出來的現代派論戰、象徵派論戰、新詩閒話論戰、天狼星論戰,則可以看到詩人群體內部的自我判斷的討論,到一致對外抵抗五四保守文化勢力的自我維護,到社會不同文化個體的參與討論,到回返詩人的詩語言藝術實踐。

9　資產階級公共領域的早期機制起源於從宮廷分離出來的貴族社會,而文學藝術作為小型社交的「泛」公眾(包括群體聚會與意見交流)的彼此對談共享的資源領域,隨著城市與資本經濟的興起,資產階級以經濟能力與品味學習而晉升到過去只有貴族才能共享的文化階層中,貴族對文學藝術的主導權,逐漸轉移到資產階級。城市作為一種具體的空間理解背景,以經濟消費為核心的咖啡廳空間作為取代從私人生活走出的沙龍的文學與政治批評中心,一個介於貴族社會與市民階級知識份子之間有教養、又有厚實經濟能力的中間階級(即資產階級)開始形成。因此,雖然不同於貴族社會時期的宴會、沙龍的公眾組成、交往方式、批判氛圍、主題趨勢,但資產階級以個體消費為基礎所集結的私人討論為共同規範的機制,漸次形成西方社會的「公眾」基礎。另一個同樣具有其影響力的公眾私人性的機制化現象就是市民小家庭的私人領域與公共領域的重疊。這個重疊表現在個人在小家庭的自我主體認知與市民家庭中要求社會功能的對外維護。也就是說,小家庭的私人領域是相對於政治——經濟解放的自我與人性的獨立空間,保障個體自身的獨立性,但是,家庭也是作為個人能累積資本、享有財產繼承權的社會代辦機構,一家之主與其他家庭成員之間的經濟依賴關係,以及家庭本身所能累積的資本與其保值、增值功能,嚴重影響家庭對個體在於人之為人相互之間所具有的人性與啟發的保護作用。而咖啡廳、小家庭的公眾私人性基礎,則有文學從書信的文學體裁化到小說敘述以虛構指涉真實的代償對應關係。這些構成了社會與文學公共領域的結構性,且有利形成個體與他人之間的虛構主題。哈伯瑪斯:《公共領域的結構轉型》,頁35-67。

　　論爭過程的論爭語言與其本身理性所形成的對話機制，讓不同意見得以參與其中，並將公眾輿論的自由表達，透過輿論的對話與批判，不僅預留了文學公共領域中可平行於政治公共權力運作的空間，也在反共的公共文學領域中調節個人的內心世界與倫理行為的國家／政治意志之外，預備文學意志可自由進出的彈性空間。

　　同時，論戰的輿論機制也形成異質於國家公共權力掌控／介入文學公共領域的獨立與分化能量。雖然，參與新詩討論的公眾仍必須制約於反共政策與不牴觸反共原則的範圍內，但參與討論的論戰機制與形成輿論，讓參與的個體或群體得以其文學的專業性，將相關的私人性經驗關係，以文學公共領域為中介，帶進政治公共領域，進而舒緩政治公共權力對文學意志的直接控制。此外，文學公共領域中的論戰的輿論機制，不只成為對內可以自我判斷、對外可以自我維護的共同政治使命，還進一步提供參與的公眾可透過內在私人領域經驗對抗現有政治權力意志的理性運作的合法性，形成替代性的政治公共領域中的公眾輿論。不同於西方文學公共領域對政治公共領域所回饋的內在主體性的保障資源或潛在立法資源，臺灣的文學公共領域對政治公共領域所提供的替代性公眾輿論，仍受限於文學公共領域本身的結構條件，必須取決於論爭形式所產生的政治行動，才能持續下去。

二　詩社與詩刊的文學公共領域與公共性

　　詩社與詩社自營刊物是臺灣五〇、六〇年代最普遍的文學公共領域化的運作方式，詩社與自營刊物的讀者組成了基本的公眾。由詩社與詩社自營刊物所構組成的文學公共領域，顯示一種非與都市空間與經濟發展必然相關的形成結構，而更接近於從宮廷分離出貴族與資產階級上層社會的沙龍機制，以詩人社群為中心所展開的認同與交流關

係網絡。主要的原因在於詩社並不是現代社會的現代化組織，而是淵源已久的一種文人集社交流現象，其中，也會有文人同儕彼此間流傳的詩抄。即使如此，三大詩社與其自營刊物仍必須視為是一種現代公共空間形式，而非只是一種古代既有的文人集社；關鍵原因則在於詩社在結社、動員、傳播過程中既有傳統結社的人際網絡、但又是作為一種有意識的現代組織，以及詩刊本身的商業機制發行。因為詩社的組成與詩刊的發行，將文學討論從文人集社擴張到潛在的讀者，通過文學的發表與討論，展示對文學自由言論的主體性，構成文學公共領域的公共性。

值得注意的是，三大詩社與詩刊的文學公共領域的形成，相對於當時反共政策所主導的文學體制中的主流文學類型「小說」，「詩」是一個更具有私人領域與要求個體的主體性文學類型。而從詩社到詩刊的中介機制，將詩創作者、評論者與閱讀者連結成一個公眾群體，通過創作、評論發表與閱讀參與，對於「詩」本身源自私人領域的主體性，不僅有更清楚的認識，也通過公共領域的形成，將文學自主原則成為公共領域的公共性基礎，而非政治公共領域的權力原則，有很大的助益。詩人對詩的自覺與詩人本身對於詩發展的自覺，是其中最重要的關鍵。

紀弦的現代派與現代派信條的宣告，可以視為要求詩自主的文學政治行動，而在此之前，已有「文學雜誌新詩論戰」所形成的小群公眾輿論，而之後的「現代派論戰」、「新詩閒話論戰」、「天狼星論戰」等更多中介機制加入所形成逐漸擴張的公眾輿論，可以看到詩人如何從內部的新詩歷史發展路線的文學討論，到延續回應中國五四時期文學公共領域的公眾輿論。參與討論的詩人團結一致，並嘗試將新詩的現代化形成一個獨立於上層控制、且需要更多知識份子與文人介入討論的重要議題。在這個過程中，詩人對於新詩的世代自主要求，以及

新詩本身的進化歷史觀，初期雖有路線之爭，但相對於五四中國時期的新詩，卻是一致同意必須要有新的藝術實踐可能，因而將文學自主的開放性，順勢建成為一個可與上層控制權力抗衡的公共性原則，進而形成公共權力的批判領域。

對於參與新詩論爭的公眾來說，在公開討論過程中，文學自主的公共性不僅可以保障個體言論的自由，也為個體內心世界的文學表現，預留一個在國家主體的公共性中可以或交鋒或對話的權力機制與話語空間。新詩論戰的發展軌跡顯示文學公共領域所提供的自我理解，不是只有繼承中國五四時期的新詩發展，而是從「現代派」、「藍星」、「創世紀」等新世代詩社的自覺，對新詩要求藝術創新的可能。詩人的世代自覺與在論爭留下的詩藝術自主的公共性原則，以及實踐藝術自主的創作軌跡，為新詩開發出一個潛伏在反共國家體制之下的新興文學公共領域。在政治公共領域尚未能完全開放到所有公眾都能參與的時代，文學公共領域所提供的自我理解與理想，對於政治公共領域的自我理解與意識發展，不僅具有中介的作用，也共同形塑一種由文化知識階層所組成的公眾基礎與跨政治的文學公共領域。

這個特殊性使得文學公共領域得以重疊政治公共領域，參與或交往在文學公共領域的知識份子因而可以透過文學公共性原則的發動，反抗現有權威。對於文學公共領域來說，文學自主原則的公開性與公共性，一方面既是文學公共領域的理性運作基礎，一方面也可以結合政治行動與政治目的，從文學的自主原則發動挑戰政治領域的公共權力。雖然，經由新詩論爭所形成的文學公共領域，在五〇、六〇年代並未衝擊反共文學公共領域中國家主體性的公共性，但是，新詩論爭經由參與、交往的公眾所形成的文學藝術自主原則的公共性，相對於反共政策主導的國家體制的公共性，提供了更貼切於文學發展本質的合理性機制，藝術自主與發展原則因而也成為文學公共領域的自然秩

序。對於健全文學公共領域中的理性規範的公眾輿論形成，藝術自主原則的公共性較之反共政策主導的國家主體的公共性，更具有普遍有效的合理性，也更能保障文學個體的內心世界與可對立於現有權威的主體性。

哈伯瑪斯曾指出：

> 用法律規範的核心加以檢驗的政治公共領域的自我理解是以文學公共領域的機制意識為中介，事實上，這兩種形式的公共領域相互之間已經完全滲透到了一起，因而共同塑造了一個私人組成的公眾，他們因為擁有私人財產而享有的自律在市民家庭領域內部表現為愛、自由和教育，一言以蔽之，這種自律真正想將自己體現為人性（Humanity）[10]。

這個敘述可以看到哈伯瑪斯對於西方資產階級發展出的公共領域的自由主義模型與特質，也就是市民社會以私人領域為基礎所形成的公眾基礎，而成為相對於私人領域與國家公權力領域之間的一個公共空間，讓人民可以聚集、討論公共事務，並形成自我了解與集體共識。這個過程是一種歷史的自發結果，表現在資產階級轉化貴族階級的社交圈、而在資本主義興起的條件下，擴大為新興布爾喬亞階級等涉入的公眾活動空間，包括以自由言說、交談、議論、溝通、批判……為主要表達形式的論域，而參與討論的公眾，從介入原本受到上層控制的公共領域，到轉化為以私人領域為基礎的公眾群體與論壇功能的公共領域，文學作為公共領域進行分化的中介機制，為組成市民社會的核心家庭形式、自由經濟市場的私人財產保障提供了自我認

10　哈伯瑪斯：《公共領域的結構轉型》，頁71-72。

識的主體意識與共識理想的人性基礎。

　　哈伯瑪斯對西方公共領域發展的歷史觀察洞見，在於指出文學公共領域對於社會公共領域進行分化過程所提供的人性基礎的自然秩序。但是，透過這個洞見重新檢視臺灣五〇、六〇年代的文學公共領域，則會發現臺灣文學公共領域之於社會公共領域的分化，反共政策作為時代性的歷史條件，遠遠比哈伯瑪斯對西方公共領域在歷史產生分化的自然發生，增加了「中華民國在臺灣」的民族／國家主體的自我認知的變數，以及此主體認知之於在臺灣殖民歷史的複雜性[11]。

　　回到臺灣五〇、六〇年代的新詩論戰，詩人在一致對外捍衛新詩在歷史時間的藝術自主發展的論爭中，不約而同所取得的共識之一，即是新詩所對應的時代性不該由中國五四時期的詩人所決定，後起詩人仍有其回應詩自身與其所處時代的自覺與實踐。這個自覺與實踐造成「現代派」與「藍星」初始在抒情或主知、縱的繼承或橫的移植的論爭的對立，最終走向彼此調解與共融的創作共識，證實藝術自主原則作為當時新詩的文學公共領域的公共性，確實有助於發展個體自我與民族自我雙軌的現代主體的共識結果。

　　然而，相對於現代派與藍星在藝術實踐的共識結果，「創世紀」詩社從「新民族詩型」轉向超現實主義的「後期現代派運動」，以及紀弦從高舉現代主義主張現代詩到逆向回返自由詩的古典化。兩者戲劇化的翻轉改變，除了表面現象的新舊世代交鋒對立之外，紀弦與創世紀詩人之間對於現代主義毅然放棄與持續挺進的不同共識，則可以

11　這個複雜性在臺灣戰後的新詩發展史上，從初期的「現代派」、「藍星」、「創世紀」三大詩社、到臺灣籍詩人組成「笠」詩社、到青年世代詩人組成的「龍族」詩社、「主流」詩社、「大地」詩社、「草根」詩社以及後期的《陽光小集》等眾聲喧嘩，以至後來的「麥堅利堡論戰」、「關唐事件論戰」、「颱風季論戰」等，現代詩作為自我主體或民族／國家主體的自我認知的公共領域，也在藝術自我原則的公共性與公開性的共識討論中，漸次激烈化不同主義與歷史認同的立場。

提供另外一個檢視藝術自主原則的公共性作為發展文學公共領域的自然秩序的重要。

「創世紀」詩社相對於紀弦或現代派詩人的特殊性在於當時的「年輕軍旅詩人」的單一身分。這些年輕軍旅詩人在五〇、六〇年代並未直接加入新詩各階段論戰，而是直接通過「修正」超現實主義的主張與藝術實踐，取得了「後期現代派運動」的主導與發言權。「創世紀」詩人相較於紀弦與其「現代派」、「藍星詩社」詩人，可以說是不只單單作為反共政治公共權力所要求的認同者，還有更直接的執行者身分。詩人與軍人共存的雙重身分，對於新詩作為新興的文學公共領域來說，在民族自我的認知過程，同時還具有更明確的國家主體認同。「新民族詩型」的提出，可以看到「創世紀」詩人處於反共話語為主的文學公共領域，針對反共文學的未來發展所提出的一種可能解決的藝術實踐方法。

但是，為何「新民族詩型」未能持續、反而很快讓位給「超現實主義」？從反共話語的文學公共領域來說，「新民族」作為一種想像的共同體，如何透過詩語言的形式藝術實踐被凝聚出來，確實較反共政策在政治現實的考驗，提供了一種可以轉向以激發民族文化為基礎的延宕性精神機制；對於中華民國在一九四九年來臺之前即形成的（五族共和為想像共同體的）中華民族，又如何在反共的政治現實中，將國共內戰失敗的歷史結果的國民黨政黨革命本質強化為「中華民國在臺灣」的歷史處境的戰鬥國家本質。「新民族詩型」作為反共文學公共領域的戰鬥新詩論述，基本上，並未從藝術自主原則提出新詩本身可能或可以發展的戰爭與人性想像的藝術實踐，而是從政治公共權力的反共意志去延展新詩型的可能藝術實踐。

從新詩論爭所漸次形成的藝術自主原則的公共性來說，「新民族詩型」最大的困境在於未能有效解釋新詩與新民族之間可能可以對應

的「現代」詩型是甚麼？「新民族」如果真的可以作為是新詩的一種藝術形式想像？其詩型相較於古典詩的古體詩、新體詩等形式典範，以及中國五四新詩時期的白話詩／自由詩／格律詩／分段詩等形式典範，有甚麼更新或更現代的發展樣式？再從自由詩本身的內容即精神的現代美學軌跡來看「新民族詩型」的可能藝術發展，「新民族」作為一種美學的想像資源，指涉的是民族自我的認同主體是政治脈絡？歷史脈絡？還是文化脈絡？這些都與詩語言形式的藝術性發展無關，而是關聯於詩人的主體認同問題。

　　詩作為一種私人領域為主的文學公共領域，「新民族」確實在想像開發主體認同的公眾議題上，具有超越反共時代所限制的歷史發展潛力；但是，新詩作為一種可以私人內心領域為主的新興文學公共領域，論爭中所產生主知或抒情的藝術自我判斷，或是一致同意橫的移植或縱的繼承不同路線之爭的共同深化問題、而強調藝術自主的對外維護，革命軍人身分所啟動的「新民族」主體性，並不是源自於私人領域，而是來自國家領域，對於當時論爭所漸次形成的（自由主義特質傾向）藝術自主原則的自然秩序，是來自對立面的政治公共領域的人為秩序，需要有足以對應的美學資源，提供可資對抗的藝術發展原則。

　　「新民族詩型」提出的後繼無力現實，使得「創世紀」詩人重新回到詩人之於詩語言關係的藝術實踐可能性，而超現實主義對回歸內心真實的私人領域的激進性，提供了一種全新溝通詩人主體與現實處境的語言想像可能。「創世紀」詩人對超現實主義的被接受，除了在紀弦「現代派」對新詩再革命與新詩現代化的動員號召基礎上，也從西方超現實主義的「修正」，提出了適切於發展私人內心領域的語言實踐方法，不僅具體實踐現代主義的藝術自主原則的個體性，也從去政治性的個體意識維護詩人主體在政治公共領域的自由彈性與安全表

達。「創世紀」詩人透過超現實主義所開啟的創作主體意識，遊走於個體在意識與潛意識之間對「現代」時間與空間的藝術思覺掌握，以詩語言捕捉或意志或心靈或直覺體察的表象世界——超現實所帶來的主體認知，啟動了個體在時間與空間形式的「現代本質」存有方式。

因此，超現實主義作為臺灣後期現代主義的詩語言藝術革命實踐，帶來的不只是新詩的現代化革命，而是詩人主體意識在時間與空間的絕對個體化後的現代性革命。對於「創世紀」修正西方超現實主義所啟動的理性自我，基本上是一種帶有現代性精神與氣質的藝術自我，其藝術自主的前衛性在於提供個體不再受控於表象世界的現象，而可以從主體意識的存有層面掌握本質世界的真實性。超現實主義開啟的是意識存有對詩語言藝術的可能實踐，也將現代主義的原子主義式的個體存在，以再斷裂個體為個體意識的形上化表述，作為超越表象的「真實」理解。應用在政治、社會的文學行動，很容易發展成無政府主義的政治激進，或是從絕對解放的個體自由提供非關人性問題的理性認知與激情想像。這是西方超現實主義作為文學公共領域的藝術實踐行動的前衛性，經創世紀詩人去政治社會激進化後的修正，臺灣超現實主義的詩語言實踐與存在主義的虛無，可能一線之隔。

紀弦對現代主義所帶來的弊端，從未明白指出其因與其果。但是，積極以「自由詩」取消現代詩，以及對自由詩的古典主義化主張，除了可以從紀弦對西方現代主義的保守轉向態度之外，紀弦將自由詩作為新詩現代化的形式美學典範，試圖提升到接近典律的地位，從自由詩對「形式即內容」的美學革命的開放性來說，自由詩所立下的美學形式典範，確實較現代主義詩或超現實主義詩保留了更有彈性的藝術自我發展空間。即使如此，紀弦對現代主義的逆轉與保留，仍有一定對現代美學理解的洞見，但為何在新詩或新詩演化為現代詩的文學公共領域都未再獲得公眾輿論的支持？這與三大詩社與詩刊，以

及新詩各階段論爭在臺灣五〇年代、六〇年代所積累的文學公共領域與其公共性，都傾向支持新詩本身在歷史進程的藝術自主性與原則發展，息息相關。另一方面，現代主義作為臺灣五〇、六〇年代對現代詩想像的中介視野，也在文學公共領域的形成過程，啟動對「現代」的世界想像。

三　三大詩刊的現代詩接受與世界想像

「現代派」、「藍星」、「創世紀」等詩社都有自己的創刊。「現代派」有《現代詩》，於一九五三年二月一日創刊；「藍星」有《藍星季刊》，創刊最晚，第一號發行於一九六一年六月十五日；《創世紀詩刊》為創世紀的發行刊物，一九五四年十月開始創刊。《現代詩》可以說是三大詩社刊物中最熱切推動新詩運動、也是最早有意識啟動新詩革命的刊物[12]。

基本而論，三大刊物都有創作刊登、通訊交流、譯詩、詩論等多項功能；其中，《現代詩》最重視詩理念與詩運動的推行，每期都有固定社論專欄；《藍星季刊》則相對系統引介的外國詩人、詩作、詩論，特別是法國，也是三大刊物中最常與海外詩人進行通訊與創作交流；《創世紀詩刊》則聚焦於超現實主義的純藝術與詩實踐。三大詩刊對外國詩人、詩作、詩論的重視與選擇，大都來自詩社編輯群詩人

---

12 紀弦主編：〈向讀者致敬，向讀者呼籲〉：「由於本刊銷數逐期增加，事實證明詩的讀者日漸眾多……只要每一位老讀者我們介紹十幾位新讀者，相信我們就有了辦法，新詩運動就可以蓬蓬勃勃如火如荼大規模展開。」（《現代詩》秋季號第7期，1954年秋季），頁83；〈宣言〉：「……首先要求的，是它的時代精神的表現與昂揚，務必使其成為有特色的現代的詩……唯有向世界詩壇看齊，學習新的表現手法，急起直追，迎頭趕上，才能使我們的新詩到達現代化。」（《現代詩》春季號1，1953年2月）

個別的喜好與翻譯，有時會附上簡單的引論介紹，有時直接以譯作方式呈現；雖然缺乏系統的創作與背景論述，但對於現代主義的公眾接受，以及透過「現代詩」想像世界、與世界連結的認知，在五○、六○年代仍有其促成現代詩文學公共領域的公共性的積極作用，但臺灣省籍詩人在此當中，仍有隱藏於投射於不同理解脈絡的詩人共和國想像的矛盾可能。

出現在《現代詩》的世界詩人圖像有愛爾蘭的喬伊思（James Joyce）；西班牙的伽嘉西亞勞爾加（F. Garcia Lorca）；奧國的里爾克（Rainer Maria Rilke）；法國的波特萊爾（Charles Baudelaire）、阿保里奈爾（Guillaume Apollinaie）、里勒（Leeonte De Lisle）、梵樂希（Paul Aalery）、拉迪蓋（Raymond Radiguet）、古蒙爾（Remy de Gourmont）；英國的戴路依斯（Cecil Day Lewis）、雪脫威爾女士（Edith Sitwell）、休姆（T. E. Hulme）、勞倫斯（D. H. Lawrence）、T. S. 艾略脫（S. T. Eliot）、弗林脫（F. S. Flint）；美國的路威爾女士（Amy Lowell）、梯斯臺爾女士（Sara Teasdale）、滂特（Ezra Pound）、弗萊徹（John Gould Fletcher）、H. D.。斯梯文士（Wallace Stevens）、威利女士（Elinor Wylie）、莫爾女士（Marianne Moore）、傑佛士（Robinson Jeffers）、威廉士（WillianCarlos Willians）、麥克來許（Archibald Mac Leish）、桑泰耶納（Santayana）、惠特曼、麥克列許（Archibald Mac Leish）、奧登（W. H. Auden）；日本的岩佐東一郎、野口米次郎、福田正夫、與謝野晶子、掘口大學、草野心平……；還有 Yvan Goll、Pierre Reverdy 等。

這些來自不同國家的世界詩人，以詩作翻譯與簡介的方式被認識，成為《現代詩》所提供的外國現代詩相關資源，而公眾可以依循自己的方式進行理解與吸收。雖然這些不同國家的詩人的譯詩都是零星呈現，但是，詩譯的韻律、語境與內容，充滿許多異國情調。如，

戴路依斯〈密諾斯後期的雕像〉:「有著沉思嘴唇的女子,這溫椒的古典的神情,你為誰不可捉摸的微笑,像那種權力或者祈禱順伏?春天一樣地堆露著的雙乳……」(《現代詩》第6期,頁78)如,弗林脫〈憂鬱〉:「……越過小山,走罷並且找到那載滿金黃花環的樹。……秋已來了,在她的煙霧之柔柔的憂鬱中……」(《現代詩》第13期,頁20);又如,里爾克〈給奧費烏斯的十四行詩之一〉:「那裡升起一株樹,啊純然的上升!啊奧費烏斯歌唱……」(《現代詩》第23期,頁26)等。其中,值得留意的是紀弦(青空律)、方思等詩人對波特萊爾、阿保里奈爾、里爾克、惠特曼等的推薦與譯詩。這些譯詩可以看到詩人譯者對西方現代詩在形式與內容的關注,以及試圖從西方現代詩人與詩作中所建立的現代精神的聯繫。

如:紀弦從波特萊爾的散文詩集《巴黎之憂鬱》中選譯的兩首詩〈異邦人〉、〈狗和香水瓶〉。這兩首詩都用了大量的說話語言。在〈異邦人〉中,問者與答者之間近乎答非所問的斷裂對話,將異邦人放逐自我的形象,最後以雲的飄逝作結;〈狗和香水瓶〉則以主人對狗的自言自語,諷刺不懂詩人藝術的俗眾。雖然紀弦並未解釋為何選譯波特萊爾的這兩首詩,但這兩首詩對現代詩人特立獨行與曲高和寡的刻畫,令人印象深刻。而另二位紀弦以青空律筆名選譯的詩人是阿保里奈爾與梵樂希。梵樂希以知性作為藝術創造的原動力,以及以言語探求反抗價值的追求,都給予紀弦相當大的啟發[13]。阿保里奈爾是法國一九二〇年代詩壇最優秀的詩人之一,而且是各種各樣的新詩運動的先驅者。紀弦給予阿保里奈爾相當高的評價:

> 阿保里奈爾的存在,始終是作為一個以立體主義為中心的詩

---

13 青空律:〈沉默之聲:保羅・梵樂希〉,《現代詩》第5期,頁31。

人,新的畫家,以及其他新的藝術家之鼓舞者而不斷地活動者。作為一個劃時代的革新者,他具有一種果敢的精神和領袖的才能,而給與他周圍年輕的一群以極大極良好的影響。……
……與其說他是一種形式主義的表現,毋寧謂為一種 Fantaisie 的產品。因為在本質上,感覺敏銳,想像豐富的阿保里奈爾,天生是一個抒情詩人。
……至於他在表現上的強力,明確,魅人,多變化和富於旋律,那尤其可以說是「現代的」,他的詩亦然[14]。

　　里爾克則是方思在《現代詩》中譯詩與介紹篇幅相對之多的詩人。方思指出里爾克作品「所表現的對宇宙與生命的體驗,哪種有些神秘主義色彩的對事物的洞見,那種不附和任何教會的宗教情懷,是他成為大詩人的原因」[15];惠特曼是《現代詩》特別請方思譯介的詩人,主要的原因是為了紀念《草葉集》初版百週年紀念,以及惠特曼之於現代詩的民主精神與致力自由詩的革命貢獻[16]。這些詩人以詩語言探索世界的本質,致力詩語言的藝術表現。他們雖然來自不同國家,擁有不同的詩語言風格,但作為世界的詩人,他們每一位都可以說是啟發時代的傑出心靈。這些現代主義與現代詩人共同體現了一種獨立不媚俗、勇於以詩藝術實踐生活與生命的主體精神。

---

14 青空律:〈關於阿保里奈爾〉,《現代詩》第2期(1953年),頁31。

15 方思:〈略談里爾克〉,《現代詩》)第23期,頁29;方思在〈「時間之書」:里爾克詩五首〉譯後記提到:「里爾克的詩固然可以引起哲學的冥思,然而,仍舊是詩。……詩可以思想與宗教為書寫題材……里爾克作了極大的貢獻……他是現代少數真正的第一流心靈。」《現代詩》第10期。

16 《現代詩》社論一指出,惠特曼受人崇敬的原因有二點:一、他的詩有德謨克拉西的精神;二、打破因襲格律,否定傳統的「韻文即詩觀」,致力自由詩的形式。《現代詩》第11期,頁2-3。

　　《藍星季刊》相較於《現代詩》更趨近於定型定目的編輯，因此可以更清楚看到《藍星季刊》對於現代詩的傳播與發展的整全面向，主要的欄位有：以外國詩人為主的特輯、海外詩壇通訊、研究、譯詩、現代詩用語辭典的資料、創作、海外之頁（海外詩人創作）。主要的譯者有胡品清、林亨泰、施穎洲、余光中等人。而與《現代詩》的多國籍世界詩人引介風格相比，六〇年代時期的《藍星季刊》所介紹過的西方詩人多集中在法國，包括伊凡·戈爾、保羅·梵樂希、戈爾泰、藍波、超現實主義詩人羅勃德斯、儒勒·日勒……等。《藍星季刊》也比《現代派》更重視海外詩壇的交流與國際詩人活動的通訊，胡品清在第二期特大號的巴黎特訊〈國際詩人二年會活動與概況〉中，即針對比國詩人報所創辦的歐洲現代詩人年會，做了全面瀏覽與概約的現場報告[17]。雖然很難看到這些世界詩人與譯詩對臺灣一九六〇年代的文學公共領域產生多少影響，但透過這類的通訊報導，可以觀察到當時對現代詩的「現代」想像，不只是臺灣與「當代」，還包含通過連結國際視野的世界同步。對於已經無力成為強弩之弓的反共政策主導的文學公共領域，回歸當代的時間感——而不是在現實中無限被延宕的反共復國的未來。

　　此外，世界詩人想像共同體的「謬思兒女」的身分認同[18]，不僅有助於回歸藝術原則所主導的文學公共領域的共識形成；《藍星季刊》的外國詩人特輯與譯詩，對於營造臺灣六〇年代「與世界共時同步」的「國際詩人共和國」的領域氛圍，也能有效將政治思維的反共屬性的公共性轉換到具有世界／國際屬性的公共性。當然，很難臆測

---

17 胡品清：〈國際詩人二年會之活動與概況〉，《藍星季刊》（第二期特大號），頁17-18。

18 胡品清在文後特別以法國現代派詩人Paul Fort的詩句做最後結語：「假如全世界的詩人願意互相伸出雙手，他們遂能在地球週圍，牽成一個圓形的吟唱隊。胡品清的引述結語，也很貼切反映出藍星為何會規劃「海外之頁」，並積極與海外華人詩人與詩壇交流通訊。

《藍星季刊》所營造的世界詩人想像共同體或國際詩人共和國氛圍，對於「中華民國在臺灣」在六〇年代之後的國際關係的國家主權與身分問題的公共議題，會有甚麼樣的理解與轉化。但是，現代詩作為一種明確標榜「現代」屬性的文學體例，透過外國詩人、譯詩、國際活動通訊的「世界」的想像與接引，至少對「橫的移植」在新詩朝向現代詩的演化發展性與關鍵性，絕對是有正向提供實踐的公共性的幫助。

　　《創世紀詩刊》創刊於一九五四年十月，但相對於《現代派》與《藍星詩刊》來說，比較傾向於高雄左營年輕軍官的年輕詩人的創作交流園地。直到進入現代詩運動後期之後，才看到更多有所重疊於《現代派》與《藍星詩刊》的詩人。除外國重要詩人如里爾克、凡德爾、A・紀德……等譯作與介紹之外，詩人創作的公開交流、詩理論述、甚至以詩以文追悼文壇重要詩人的公共現象，也都一一指向：《創世紀詩刊》在六〇年代開始成為更具成熟特質的詩人與詩的專業圈的公共領域；詩人的藝術與自我表現既是私人領域的話語，也能指向公共領域的公共話語，如同《覃子豪追念特輯》中梅新的〈悼詩人覃子豪〉一詩藉由通過憑弔詩人覃子豪的臨終夜晚、而試圖指向（從中國飄洋過海來到臺灣的外省籍詩人的）「詩人共和國」與其詩人不死的精神：

　　　　你死前的幾分鐘，我在你耳邊向你報告來訪
　　　　朋友的名字，你微弱的目光不斷地地注視
　　　　他們，表示歉意。然你則不斷地在哭，不斷在流淚。那一夜我
　　　　是永遠不能忘記的。
　　　　塔里木河邊有一組想海想得非常厲害的影子
　　　　長城外邊有一組攻城攻得非常劇烈的影子
　　　　原先是撥巫山的物探索一影的距離接近神的影子

現今是日臨三峽的良辰吧，我乃吸板煙的苦思者

床是愈來愈寂寞了，當夢一個又一個地被趕下地

這院子是愈來愈荒蕪了，當黃昏一次又一次地將它黃昏

你的鼾音能否驅來一群巫山的霧嚐嚐你留在七二九病房的藥
湯吧

你曾放哨於其上的榕樹今天有群鳥在努力做黎明

　　梅新的〈悼詩人覃子豪〉中隱射覃子豪的中國詩人的身影與祖
國、文學重疊的山河，就像一個真實的象徵隱喻，點出與覃子豪與相
同背景、經歷的外省籍詩人所群聚一起努力的詩人共和國，「七二九
病房」終究只是一個最後衰老病體留停的「私人」空間，而那詩人曾
經放哨的「榕樹」，可以有多少群鳥位置可以留給吃臺灣米、喝臺灣
水的土生土長的臺灣籍詩人一起迎接黎明？也似乎成為「現代派」、
「藍星」、「創世紀」詩社與《現代派》、《藍星詩刊》、《創世紀》在現
代詩的文學公共領域中交集於私人領域與公共領域的公共性基礎的隱
憂。六〇年代另一個指向不同原生脈絡的臺灣現代詩的公共領域，因
《笠》詩社與《笠》詩刊而在歷史發展中逐漸明朗化。《創世紀》與
《笠》在現代詩的文學公共領域的交接遞移現象，可以看到由藝術原
則所主導的現代詩的文學公共領域，將原本藏匿、壓抑在五〇年代反
共政策主導的文學公共領域的不同原生脈絡的私人領域的認同問題，
轉化以幾近對立立場的現代主義與現實主義的文學價值觀的藝術表現
競逐，持續影響、形塑現代詩的文學公共領域的結構發展。

第六章
結論

　　臺灣五〇、六〇年代的新詩論爭與「現代派」、「藍星」、「創世紀」等三大詩社，對於新詩如何朝向成為現代詩發展，以論爭形式集結不同意見進行陳述，展開或贊成、或反對、或辯詰、或對話、或批評、或交流……等溝通行動，從中國五四新詩時期的新詩發展與詩社主張的歷史反思、到新詩在臺灣「自由中國」當代所必須的「現代」樣貌與精神、到詩人回應以實際的藝術創作實踐，詩人所選擇站立的「橫的移植」或「縱的繼承」立場，所涉及的是詩人對於新詩發展所看待的不同的歷史意識，其中所接續延展而來所主知原則或抒情原則的創作意識，則揭示詩人本身在創作詩的主體位置，以及之後對西方現代主義的選擇性接受。這些過程對一九四九年之後臺灣生成現代詩的「主流」的文學公共領域的公共性，發揮很大的作用力，而這些過程所匯聚的公共輿論，不只具有自我批判、自我詮釋的型塑功能，也在爭論的溝通與反思過程，凝聚新詩在臺灣五〇、六〇年代應該「如何現代？怎麼現代？」的當代自覺意識，以及「如何現代？怎麼現代？」的重要美學典範建立的回應問題。

　　第一階段的「文學雜誌新詩論戰」規模不大，但提出兩個極重要的問題：一、詩語言的理解應該建立在詩人的創作主體或讀者的閱讀主體？二、相較於古代，新詩的「現代表現」是甚麼？論爭參與者在中國五四新文學的歷史脈絡與討論框架，以理性進行意見的交流，但真正將此兩個議題推向歷史的當代時間發展的重要事件是紀弦號召詩人盟成立的現代派，以及接續而發生的「現代派論戰」。

　　第二階段的「現代派論戰」主要論戰者是現代派與藍星詩社兩大詩社，代表者是紀弦與覃子豪，分別提出「橫的移植」與「縱的繼承」的主張，以及對於主知與抒情的不同創作立場。「橫的移植」接續中國五四新詩時期的西化發展路線，以「主知」作為一種創作意識的方法，實踐新詩的現代化；覃子豪則站在民族本位立場，繼承古典詩的抒情本位，為時代發聲。兩人的迥異對立立場，各自指涉出詩人對詩語言與詩本質之間的想像的實踐主體位置：詩人之於詩語言的互為主體關係、詩人之於詩語言的主體、客體關係。紀弦認為「詩本身的把握與創造」是詩的現代化的關鍵，詩人主體開始在創作詩語言的過程、退位給語言之於詩的可能性；覃子豪則圍繞在詩人主體的創作本位，啟動現代想像。

　　第三階段的「象徵詩論戰」因蘇雪林等文化保守者對新詩的質疑意見與反對立場，現代派與藍星詩社之間的論爭開始從對立轉向聯合陣線。其中，覃子豪與蘇雪林多次密集往返討論中國五四新詩與之後繼續發展的象徵詩派代表李金髮、現代派代表戴舒望。紀弦也從「現代詩」的角度回應兩人的論爭。紀弦的「詩想」與覃子豪的「生活的真實」，分別點出詩本質從「一般到特殊」與「特殊到一般」兩種不同的美學典型化的創造進路；詩人從主知或抒情的創作立場所驅動的詩語言，所對應「一般到特殊」、「特殊到一般」的不同美學典型的詩本質，也因此啟動不同追求的「現代」的詩美學創造——紀弦的「主知」立場將詩語言的指涉從詩人個體回返到語言本體，讓詩語言因回歸自身而能在此中揭示世界的真理存有；覃子豪的「抒情」主張則繼續固守詩人的主體，詩語言是詩人主體對世界或客觀或主觀的再現投射，而詩人透過詩所再現的詩語言，是詩人脈絡化的世界真理。詩語言本體所揭示的世界存有、或詩人語言客體所再現的世界存在，這兩種截然不同的詩語言世界觀取決於詩人主體意識對傳統選擇「橫的移

植」或「縱的繼承」立場，並且延伸出詩人個體在「當代」歷史時間與歷史條件下所選擇的藝術自我與民族自我的雙軌現代自我追求。

言曦在「新詩閒話」系列文章所提出的多項質疑，除了啟動第四階段的「新詩閒話」論戰，其質疑所提點出新詩通向現代詩不被接受的「現代」條件與「異變」關鍵，以及藍星詩人余光中認真從「自由中國新詩」的「當代」意義回應詩人自我肯定，則可以看到傳統與現代不同時間範疇對「詩」的美學典範的形成，背後所驅動的發展邏輯也不同：傳統詩致力於美學典律的生成，而現代詩則關涉於美學典範的競逐。從中國五四新詩到臺灣五〇、六〇年代的自由中國新詩，新詩趨向現代詩發展過程的美學典範生成與競逐，構成現代詩的系譜；其中，最前衛也最被忽略的是林亨泰的符號詩與其相關現代主義詩論。

最後，余光中與洛夫各自以現代詩人的專業立場，針對〈天狼星〉長詩的自評與論評，結束了六〇年代的新詩論爭；紀弦以現代派與現代派宣言所揭開的新詩朝向現代詩的運動，在六〇年代之後，漸次由創世紀以洛夫為代表的年輕軍官詩人與其超實主義詩論所主導。現代詩取得正名，三大詩社對西方現代主義達成選擇性接受的共識，也在各自理解與資源開發，盡可能引進西方現代詩人、詩論與詩作。西方現代主義的選擇性接受與想像現代、想像世界連結一起，也間接接引西方現代主義的藝術自主原則。形塑臺灣現代詩的文學公共領域的公共性。

臺灣五〇、六〇年代新詩論戰與其指涉的新詩朝向現代詩發展的現代發展軌跡，其一中國球根的美學競逐關係，從中國五四新詩到臺灣五〇、六〇年代的自由中國時期，就形式美學典範來說，白話詩、分段詩、格律詩、自由詩、符號詩都有其標示白話文作為現代語言形式的演進意義。其中，自由詩以「形式即精神」完成新詩的現代化美

學革命，成為詩人最廣泛創作的現代詩的典範性美學形式。而在新詩未能取得現代之名所經歷的內容美學典範競逐過程中，詩人抒情主體從浪漫主義到象徵主義的典範轉移，都同在「表現即精神」的美學意識脈絡；「表現即精神」並不獨新詩所獨有，抑是古典詩在形式美學典律之下辨識詩人個體性的「風格」；所不同的是，浪漫主義新詩較古典詩的審美更重視直觀表現的詩語言，而象徵主義的美學詩語言革命，帶來的是不只是意識自我在當下時間的斷裂，而是斷裂中的再現永恆與創造價值。最後，真正為新詩取得根本的詩語言意識改變的美學革命，來自「主知」立場背後所吸納或開發的西方現代主義的理性精神；「創世紀」修正西方超現實主義的美學內容典範轉移，以理性所能深化的潛意識自我為絕對主體意識，進行內在心靈與現象自我的深層剖析，進而探索個體／自我困陷於現象界的壓抑的現代性精神；林亨泰從立體主義所掌握的「形式即內容」的詩語言美學革命，雖然最能體現西方現代主義的前衛現代性精神，但終究未能完成，而有待後現代主義的崛起，方能突顯純存形式美學的「遊戲真理」精神。

　　除了新詩論爭所逐漸形成的公共領域與公共性之外，三大詩社刊物《創世紀》、《藍星》、《創世紀》積極譯介西方現代主義詩人、詩作、詩論，不僅開啟臺灣對世界的「當代」想像，也為臺灣六〇年代之後對西方現代主義的接受與藝術自主原則的文學公共性，都有重要影響。

參考文獻

（一）文學雜誌新詩論戰

作者	文章題目	刊物名稱	卷期	日期	備註
梁文星	現在的新詩	文學雜誌	1卷4期	1956年12月	
周棄子	說詩贅語	文學雜誌	1卷6期	1957年2月	
夏濟安	白話文與新詩	文學雜誌	2卷1期	1957年4月	
勞榦	對於白話文與新詩的一個預想	文學雜誌	2卷2期	1957年3月	
夏濟安	對於新詩的一點意見	自由中國	16卷9期	1957年5月1日	
覃子豪	論新詩的發展——兼評梁文星、周棄子、夏濟安先生的意見	筆匯		1957年	
嚴明	是談新詩形式上的問題	自由中國	16卷12期	1957年6月16日	

（二）現代派論戰

作者	文章題目	刊物名稱	卷期	日期	備註
紀弦	「現代派信條」譯義	現代詩	13期	1956年2月1日	
寒爵	所謂現代詩	反攻月刊	153期		
社論	戰鬥的第四年，新詩的再革命	現代詩	13期	1956年2月1日	

作者	文章題目	刊物名稱	卷期	日期	備註
紀弦	抒情主義要不得	現代詩	17期	1956 年 3 月1日	
林亨泰	關於現代派	現代詩	17期	1956 年 3 月2日	
林亨泰	符號論	現代詩	18期	1957 年 5 月20日	
紀弦	論新詩的移植	復興文藝	第1期		
社論	新與舊，詩情與詩想	現代詩	18期	1957 年 5 月20日	
覃子豪	新詩向何處去？	藍星詩選	獅子星座號	1957 年 8 月20日	叢刊第一輯
紀弦	從現代主義到新現代主義——對於覃子豪先生「新詩向何處去」一文之答覆（上）	現代詩	19期	1957 年 8 月31日	代社論
Spender 著 余光中譯	現代主義的運動已經沉寂	藍星詩選	天鵝星座號	1957年10 月25日	叢刊第二輯
羅門	論詩的理性與抒情——讀了紀弦先生現代詩十九期社論後感	藍星詩選	天鵝星座號	1957年10 月25日	叢刊第二輯
黃用	從現代主義到新現代主義	藍星詩選	天鵝星座號	1957年10 月25日	叢刊第二輯
編者	編後記	藍星詩選	天鵝星座號	1057年10 月25日	叢刊第二輯

作者	文章題目	刊物名稱	卷期	日期	備註
紀弦	對於所謂六原則之批判——對於覃子豪先生「新詩向何處去」一文之答覆（下）	現代詩	20期	1957年12月1日	
林亨泰	中國詩傳統	現代詩	20期	1957年12月1日	
林亨泰	談主知與抒情	現代詩	21期	1958年3月1日	
紀弦	兩個事實	現代詩	21期	1958年3月1日	
紀弦	多餘的困惑及其他	現代詩	21期	1958年3月1日	
覃子豪	關於「新現代主義」	筆匯	21期	1958年4月16日	
紀弦	六點答覆	筆匯	24期	1958年6月1日	
余光中	兩點矛盾	藍星周刊	207，208期	1958年	
紀弦	一個陳腐的問題	現代詩	22期	1958年12月20日	
林亨泰	鹹味的詩	現代詩	22期	1958年12月20日	

（三）象徵派論戰

作者	文章題目	刊物名稱	卷期	日期	備註
蘇雪林	新詩象徵派創始者李金髮	自由青年	22卷1期	1959年7月1日	
蘇雪林	沉江詩人朱湘	自由青年	22卷2期	1959年7月16日	
紀弦	現代詩的創作與欣賞	自由青年	22卷2期	1959年7月16日	
覃子豪	論象徵派與中國新詩——兼致蘇雪林	自由青年	22卷3期	1959年8月1日	
蘇雪林	為象徵詩體的爭論敬答覃子豪先生	自由青年	22卷4期	1959年8月16日	
覃子豪	簡論馬拉美、徐志摩、李金髮及其他——在致蘇雪林先生	自由青年	22卷5期	1959年9月1日	
蘇雪林	致本刊編者的信	自由青年	22卷6期	1959年9月16日	
門外漢	也談目前臺灣新詩	自由青年	22卷6期	1959年9月16日	
覃子豪	論詩的創作與欣賞	自由青年	22卷7期	1959年10月1日	
門外漢	再談目前臺灣新詩——敬答覃子豪先生	自由青年	22卷8期	1959年10月16日	
覃子豪	現代中國新詩的特質	文學雜誌	7卷2期	1959年10月20日	
覃子豪	致本刊編者一封關於論詩的公開信	自由青年	22卷9期	1959年11月1日	
余玉書	從新詩革命到革詩的命	大學生活	5卷11期	1959年10月24日	

作者	文章題目	刊物名稱	卷期	日期	備註
王靖獻	自由中國詩壇的現代主義	大學生活	5卷14期	1959年12月8日	

（四）新詩閒話論戰

作者	文章題目	刊物名稱	卷期	日期	備註
言曦	歌與誦——新詩閒話之一	中央日報		1959 年 11 月20日	中央副刊
言曦	隔與露——新詩閒話之二	中央日報		1959 年 11 月21日	中央副刊
言曦	奇與正——新詩閒話之三	中央日報		1959 年 11 月22日	中央副刊
言曦	辯去從——新詩閒話之四	中央日報		1959 年 11 月23日	中央副刊
余光中	文化沙漠中多刺的仙人掌——對言曦先生「新詩閒話」的商榷	文學雜誌	7卷4期	1959 年 12 月20日	
虞君質	談新藝術	臺灣新生報		1959 年 12 月30日	新生副刊
余光中	新詩與傳統	文星	5卷3期	1960年1月1日	「詩的問題 與 研究」專號
張隆延	不薄今人愛古人	文星	5卷3期	1960年1月1日	同上
張紹鵬	略論新詩的來龍去脈	文星	5卷3期	1960年1月1日	同上

作者	文章題目	刊物名稱	卷期	日期	備註
黃用	論新詩的難懂	文星	5卷3期	1960年1月1日	同上
夏菁	以詩論詩——從實例比較五四與現代的新詩	文星	5卷3期	1960年1月01	同上
覃子豪	從實例論因襲與獨創	文星	5卷3期	1960年1月1日	同上
盛成	談詩	文星	5卷3期	1960年1月1日	同上
黃純仁	舊詩的興衰及其趨勢	文星	5卷3期	1960年1月1日	同上
本刊	編輯語	文星	5卷3期	1960年1月1日	
言曦	辯與辨——新詩餘談之一	中央日報		1960年1月8日	中央副刊
言曦	悟與誤——新詩餘談之二	中央日報		1960年1月10日	中央副刊
藍星詩社	摸象派的批評	藍星詩頁	14期	1960年1月10日	
言曦	進與退——新詩餘談之三	中央日報		1960年1月11日	中央副刊
言曦	愛與恨——新詩餘談之四	中央日報		1960年1月12日	中央副刊
孺洪	「閒話」的閒話	中華日報		1960年1月11-14日	中華副刊
余光中	摸象與畫虎	文星	5卷4期	1960年2月1日	

作者	文章題目	刊物名稱	卷期	日期	備註
黃用	從摸象說起	文星	5卷4期	1960年2月1日	
李素	一個詩迷的外行話	文星	5卷4期	1960年2月1日	
紹析文	從新詩閒話到新詩瑜談	創世紀	14期	1960年2月	
張默	現代詩藝術的潛在面	創世紀	14期	1960年2月	
張健	談「新詩脈搏」與詩的濃縮	藍星詩頁	15期	1960年2月10日	
言曦	匿名信	中央日報		1960年2月15日	中央副刊
門外漢	三談目前臺灣新詩	自由青年	23卷4期	1960年2月15日	
覃子豪	比興與象徵	自由青年	23卷4期	1960年2月15日	
虞君質	解與悟	臺灣新生報		1960年2月18日	新生副刊（重）
吳怡	灌溉這株多刺的仙人掌	自由青年	23卷5期	1960年3月1日	（重）
陳紹鵬	由閒話談到摸象	文星	5卷5期	1960年3月1日	
陳慧	有關新詩的一些意見——從言、余二先生的辯論說起	文星	5卷5期	1960年3月1日	
孔東方	新詩的質疑	文星	5卷5期	1960年3月1日	

作者	文章題目	刊物名稱	卷期	日期	備註
言曦	詩與青年	中央日報		1960年3月5日	中央副刊
張翎	由「詩品」到現代詩	藍星詩頁	16期	1960年3月10日	
周鼎	豈有此理──兼致信言曦先生	藍星詩頁	16期	1960年3月10日	
吳怡	從詩談的論辯談新詩的發展	自由青年	23卷6期	1960年3月16日	
陳文華	我對「新詩難懂」的看法	自由青年	23卷7期	1960年4月1日	
吳宏一	也談「詩與青年」──兼致言曦先生	自由青年	23卷7期	1960年4月1日	
周春祿	「只問是非,不問權威」	文星	5卷6期	1960年4月1日	
錢歌川	英國新詩人的詩	文星	5卷6期	1960年4月1日	
陳慧	現代現代派及其他	文星	5卷6期	1960年4月1日	
余光中	摸象與捫蝨	文星	5卷6期	1960年4月1日	
張健	由摸象到摸魚	藍星詩頁	17期	1960年4月1日	
言曦	詩與陣營	中央日報		1960年4月10日	中央副刊
言曦	詩與頹廢	中央日報		1960年4月10日	中央副刊

作者	文章題目	刊物名稱	卷期	日期	備註
言曦	談現代主義	中央日報		1960年4月11日	中央副刊
夏菁	詩與想像力——兼釋言曦、陳紹鵬、吳怡諸先生列舉的新詩	自由青年	23卷8期	1960年4月16日	
張明仁	畫鬼者流——兼論新詩難懂問題	自由青年	23卷8期	1960年4月16日	
言曦	今詩妙詮	中央日報		1960年4月16日	中央副刊
言曦	偏與全	中央日報		1960年4月24日	中央副刊
吳怡	提出問題解決問題	自由青年	23卷9期	1960年5月1日	
李思凡	新詩論辯旁聽記	聯合報		1960年5月1日	聯合副刊
紀弦	表明我的立場	藍星詩頁	18期	1960年5月3日	
吳宏一	從「畫鬼者流」談到新詩難懂	藍星詩頁	18期	1960年5月10日	
劉國全	批評家	藍星詩頁	18期	1960年5月10日	
吳怡	摸魚所得	自由青年	23卷10期	1960年5月10日	
門外漢	再踢一球——四談目前談灣新詩	自由青年	23卷10期	1960年5月16日	

作者	文章題目	刊物名稱	卷期	日期	備註
本社	談詩壇的團結	藍星詩頁	19期	1960年5月16日	
現代詩社	本刊的再出發，新詩的保衛戰	現代詩	新1號	1960年6月10日	24、25、26三期合刊
紀弦	向石愿先生進一言	現代詩	新1號	1960年6月10日	24、25、26三期合刊
紀弦	就教於趙友培、張席珍二先生	現代詩	新1號	1960年6月10日	24、25、26三期合刊
紀弦	現代詩的偏差	現代詩（原載於螢星詩刊）	新1號	1960年6月10日	24、25、26三期合刊
聞從亦	論中國新詩的形式——讀錢歌川的「英國新詩人的詩」	文星	6卷3期	1960年7月1日	
吳怡	新詩的再革命	自由青年	24卷1期	1960年7月1日	

（五）天狼星論戰

論者	論爭文章	發表刊物	卷／期	日期	備註
余光中	天狼星	現代文學	第8期	1961年5月	
洛夫	論余光中的天狼星	現代文學	第9期	1961年7月	
余光中	再見，虛無！	藍星詩頁	第37期	1961年12月	

論者	論爭文章	發表刊物	卷／期	日期	備註
陳芳明	回頭的浪子	後浪	第8期	1973年11月15日	後收錄於《詩與現實》
余光中	天狼仍嗥光年外	天狼星	洪範出版	1976年8月	《天狼星》詩集後記
陳芳明	回望（天狼星）	書評書目	第49期	1977年5月、6月	
			第50期		
張默	從繁富到清明	文訊月刊	第13期	1984年8月	

（二）詩文集

余光中　《敲打樂》台北：九歌出版社，1986年

　　　　《在冷戰的時代》台北：純文學出版社，1988年

　　　　《白玉苦瓜》台北：大地出版社，1990年

　　　　《天狼星》台北：洪範出版社，1987年

　　　　《余光中詩選》台北：洪範出版社，1990年

林亨泰　《林亨泰詩選》台北：時報出版社，1984年

紀　弦　《紀弦自選集》台北：黎明出版社，1978年

洛　夫　《石室之死亡》台北：漢光出版社，1988年

　　　　《創世紀四十年詩選（1954-1994）》台北：創世紀，1994年

覃子豪　《覃子豪全集》台北：覃子豪全集出版委員會，1965年

張默、瘂弦主編　《六十年代詩選》高雄：大業書店，1961年

Baudelaire Charles　《巴黎的憂鬱》（胡品清譯）台北：志文出版社，

　　　　1988年

　　　　《惡之華》（莫渝譯）台北：志文出版社，1990年

（三）一般論述

丁威仁　《戰後台灣現代詩的演變與特質（1949-2010）》新銳文創，
　　　　2012年6月

丁　寧　《西方美術史的十五堂課》台北：五南出版社，2007年

文訊雜誌社　《台灣現代詩史論──台灣現代詩史研討會實錄》台
　　　　北：文訊雜誌社，1996年

　　　　《台灣文學發展現象》台北：文建會，1996年

王光明（編）　《如何現代 怎麼新詩──中國詩歌現代性問題學術
　　　　研討會論文》北京：社會科學文獻出版社，2016年

古繼堂　《台灣新詩發展史》台北：文史哲出版社，1997年

朱孟庠　《形形色色──圖像語言的奧秘》苗栗：開南大學，2008年

李　怡　《中國新詩的傳統與現代》台北：威秀資訊，2006年

李瑞騰　《新詩學》台北：駱駝出版社，1997年

　　　　《台灣現當代作家研究資料彙編》台南：國立台灣文學館，
　　　　2012年

呂興昌　《林亨泰研究資料彙編》彰化縣立文化中心，1994年

孟　樊　《當代台灣文學評論大系‧新詩批評》台北：正中書局，
　　　　1993年

　　　　《當代台灣新詩理論》台北：文史哲出版社，1995年

　　　　《當代台灣新詩理論》台北：揚智文化，1998年

洪子誠、劉登翰　《中國當代新詩史》北京：北京大學，2005年

紀　弦　《紀弦詩論》台北：現代詩社，1954年

　　　　《新詩論集》高雄：大業書店，1956年

　　　　《紀弦論現代詩》台北：藍燈，1970年

洛　夫　《論夫詩論選集》台南：金川出版社，1978年

施懿琳　《台灣文學百年顯影》台北：玉山社，2003年

陳大為、鍾怡雯　《20世紀台灣文學史專題 I：文學思潮與論戰》台北：萬卷樓圖書，2006年

陳康芬　《政治意識形態、文學歷史與文學敘事──台灣五0年代反共文學研究》台北：花木蘭，2014年

陳義芝　《聲納──台灣現代主義詩學流變》台北：九歌出版社，2006年

張春榮　《詩學析論》台北：東大出版社，1987年
　　　　《台灣文學經典研討會論文集》台北：聯經出版社，1999年

張漢良、蕭蕭　《現代詩導讀》台北：故鄉出版社，1979年
　　　　第一冊：導讀篇（一）／第二冊：導讀篇（二）／第三冊：導讀篇（三）／第四冊：理論史料篇／第五冊：批評篇

張雙英　《二十世紀台灣新詩史》台北：五南出版社，2006年

張　默　《國現代詩論選》高雄：大業書店，1967年
　　　　《台灣現代詩目編目》台北：爾雅出版社，1992年
　　　　《創世紀四十年總目1954-1994》台北：創世紀詩雜誌社，1994年
　　　　《台灣現代詩觀》台北：爾雅出版社，1997年

覃子豪　《詩的剖析》台北：藍星詩社，1958年
　　　　《論現代詩》台北：藍星詩社，1960年

曾慶豹　《哈伯瑪斯》台北：生智文化，1999年

葉維廉主編　《中國現代作家論》台北：聯經出版公司，1976年
　　　　《歷史、解釋與美學》台北：東大出版社，1988年
　　　　《解讀現代、後現代》台北：東大出版社，1999年
　　　　《比較詩學》台北：東大出版社，2007年

楊宗翰　《台灣現代詩史──批判的閱讀》台北：巨流，2002年

解昆樺　《台灣現代詩典律的建構與推移：以創世紀詩社與笠詩社為

觀察核心》台北：鷹漢文化，2004年

《詩史本事：戰後台灣現代詩人的詩史對話》苗栗：苗栗縣文化局，2010年

瘂弦、簡政珍主編　《創世紀四十年評論選》台北：創世紀詩社，1994年

黎志敏　《西方詩學影響下的中國新詩：起源、發展與本土意識》四川：西南師範大學，2005年

趙天儀　《台灣文學的周邊──台灣文學與台灣現代詩的對流》台北：富春文化，2000年

劉正忠　《現代漢詩的魔怪書寫》台北：學生書局，2010年

劉紀蕙　《孤兒、女神、負面書寫──文化符號的徵狀式閱讀》台北：立緒文化，2000年

《他者之域：文化身分與再現策略》台北：麥田，2001年

《心的變異：現代性的精神形式》台北：麥田，2004年

劉繼光　《海德格爾與美學》上海：上海三聯書店，2004年

簡政珍　《台灣現代詩美學》台北：揚智文化，2004年

蕭　蕭　《現代詩學》台北：東大圖書，1987年

《現代詩縱橫觀》台北：文史哲出版社，2000年

《台灣新詩美學》台北：爾雅出版社，2004年

《創世紀60社慶論文集》台北：萬卷樓出版社，2014年

蕭蕭、張漢良　《現代詩導讀・理論史料篇》台北：故鄉出版社，1978年

Charles Taylor　《黑格爾與現代社會》

Gerhart Schulz（葛哈特・舒爾慈）李中文譯　《浪漫主義──歐洲浪漫主義的源流、概念與發展》台北：晨星出版社，2007年

JurgenHabermas（哈伯瑪斯）曾衛東等譯　《公共領域的結構轉型》
　　　　台北：聯經出版，2002年
　　　　《做為未來的過去──與哲學大師哈伯瑪斯對談》台北：國
　　　　家圖書館，2003年
Martin Heidegger（海德格）孫周興譯　《通向語言的途中》，北京：
　　　　商務印書館，2005年
Peter Gay（彼得‧蓋依）梁永安譯　《現代主義》台北：立緒文化，
　　　　2009年

文學研究叢書.現代詩學叢刊 0807016

詩語言的美學革命——臺灣五〇、六〇年代新詩論戰與現代軌跡

作　　者　陳康芬
責任編輯　楊家瑜
特約校稿　林秋芬

發 行 人　陳滿銘
總 經 理　梁錦興
總 編 輯　陳滿銘
副總編輯　張晏瑞
編 輯 所　萬卷樓圖書股份有限公司
排　　版　林曉敏
印　　刷　維中科技有限公司
封面設計　斐類設計工作室

發　　行　萬卷樓圖書股份有限公司
　　　　　臺北市羅斯福路二段 41 號 6 樓之 3
　　　　　電話 (02)23216565
　　　　　傳真 (02)23218698
　　　　　電郵 SERVICE@WANJUAN.COM.TW
香港經銷　香港聯合書刊物流有限公司
　　　　　電話 (852)21502100
　　　　　傳真 (852)23560735

ISBN 978-986-478-218-5
2018 年 10 月初版一刷
定價：新臺幣 260 元

如何購買本書：

1. 劃撥購書，請透過以下郵政劃撥帳號：
　帳號：15624015
　戶名：萬卷樓圖書股份有限公司
2. 轉帳購書，請透過以下帳戶
　合作金庫銀行 古亭分行
　戶名：萬卷樓圖書股份有限公司
　帳號：0877717092596
3. 網路購書，請透過萬卷樓網站
　網址 WWW.WANJUAN.COM.TW

大量購書，請直接聯繫我們，將有專人為
您服務。客服：(02)23216565 分機 610

如有缺頁、破損或裝訂錯誤，請寄回更換
版權所有·翻印必究
Copyright©2018 by WanJuanLou Books
CO., Ltd.
All Right Reserved　　**Printed in Taiwan**

國家圖書館出版品預行編目資料

詩語言的美學革命 —— 臺灣五 0、六 0
年代新詩論戰與現代軌跡 / 陳康芬著. --
初版. -- 臺北市 ： 萬卷樓, 2018.10
　面 ；　公分. -- (文學研究叢刊 ；
0807016)
ISBN 978-986-478-218-5(平裝)

1.臺灣詩 2.新詩 3.詩評
　　　863.21　　　107016818